KB116182

손톱이 자라날 때

손톱이 자라날 때

방미진 소설

문학동네

차례

하얀 벽

뒷머리가 당기고 어깨가 오그라들었다.
나는 고양이처럼 몸을 있는 대로 오그렸다.
두 손은 허벅지 위 치마를 꽉 움켜쥐고,
눈은 크게 뜬 채 정면을 향했다.
눈앞이 하얘졌다.

1

똑. 똑. 똑.

누구야?

누군가 벽을 두드리는 소리에 주위를 둘러보았다.

아이들은 모두 정신없이 필기를 하고 있다. 칠판에 빽빽하게 들어찬 글자들을 따라 적느라, 떠들기는커녕 숨도 쉬지 않는 것 같다. 너무 조용해서 멈춰 버린 것 같은 교실에 글씨 쓰는 소리만 시간처럼 흐르고 있다.

쓱 쓱 쓱, 쓰악 쓰악 슥탁. 쏙닥, 쏙닥쏙닥, 쏙닥쏙닥쏙닥…….

나도 다시 필기를 시작했다.

그런데 누가 그런 거지?

나는 누군가 다시 장난을 시작하기를 은근히 기다리며 잔뜩 귀를 기울였다.

또옥. 또옥. 또옥.

누구지?

1분단이나 4분단에 앉아 있는 누군가가 분명하다. 그래야 벽을 두드릴 수 있을 테니까. 나는 고개를 들고 소리가 나는 벽이 어딘지 살폈다. 맨 뒤, 그것도 3분단 끝에 앉아 있으니 교실이 한눈에 들어왔다.

또오……옥. 또오……옥…….

오른쪽? 왼쪽? 아니야. 이 소리는 뒤에서 나고 있어. 내 뒤? 내 뒤엔 아무도 없잖아. 벽 너머에서 그러는 건가?

이 교실은 맨 끝 교실이다. 내 등 뒤, 벽 너머에는 더 이상 교실이 없다. 게다가 3층이다.

학교 벽에 페인트칠이라도 하는 걸까?

그렇게 생각하고 무시해 버리려 했지만, 마치 벽 속에서 들려오는 것 같은 꺼림칙한 소리가 나를 놓아주지 않았다.

또오오옥. 또오……옥. 또옥. 또옥.

차가운 물이 한 방울 한 방울 피부에 떨어져 내리는 것처럼 선명하게 들려오는 소리는, 벽 속에 갇힌 뭔가가 나를 향해 노크를 하는 것 같은 섬뜩한 상상을 불러일으켰다.

또옥. 또옥. 또옥 딱, 똑딱.

소리가 점점 빨라졌다. 소리에 휩쓸려 내 숨소리도 가빠졌다.

똑딱. 똑딱똑딱. 똑딱똑딱똑딱, 똑딱똑딱똑딱똑딱똑딱, 딱딱딱딱딱딱탁!

몰아치던 소리가 멈췄다.

그와 동시에 나도 숨을 멈췄다. 보이지 않는 뭔가가, 터질 것 같은 뭔가가 내게 달려들어 목을 조르는 것 같은 느낌이었다.

뒷머리가 당기고 어깨가 오그라들었다. 나는 고양이처럼 몸을 있는 대로 오그렸다. 두 손은 허벅지 위 치마를 꽉 움켜쥐고, 눈은 크게 뜬 채 정면을 향했다. 눈앞이 하얘졌다. 등을 돌리고 필기를 하는 선생님과 아이들. 교실이 여전히 선명하게 보이는데도 눈앞이 하얘진다는 느낌이 들었다.

나는 그렇게 마비된 채로 수업이 끝나는 종이 울릴 때까지 꼼짝도 할 수 없었다.

아이들이 움직이기 시작하자 나도 그 알 수 없는 긴장감에서 벗어날 수 있었다. 숨을 내뱉으며 뒤를 돌아보았다. 내 등 뒤엔 하얀 벽이 있는 듯 없는 듯 있을 뿐이었다.

나는 옆자리에 앉은 기주를 봤다. 그 애는 언제나처럼 조용히 책상에 앉아 있었다.

"야."

나는 아까 들린 소리에 대해 물어보려고 기주를 툭 쳤다.

기주는 특유의 느릿느릿한 동작으로 고개를 돌려 나를 봤다.

그러고는 왜 불렀는지는 묻지도 않고 나를 빤히 바라봤다. 사람을 불편하게 만드는 시선이다. 나도 모르게 그 시선을 피했다. 괜히 짜증이 났다.

너랑 얘기하느니 차라리 벽이랑 말을 하지.

나는 거칠게 책상을 밀치며 자리에서 일어났다. 그 바람에 기주가 앉은 채로 넘어질 뻔했지만 신경 쓰지 않았다.

나는 희진이를 데리고 학교 건물 밖으로 나갔다. 시간이 지나면서 좀 전에 겪은 일이 별것 아닌 일처럼 느껴지긴 했지만, 악몽을 꾸고 났을 때처럼 찜찜한 기분이 남아 확인해 보고 싶었다.

학교 건물 왼편으로 돌아가, 교실이 있는 3층을 올려다봤다. 페인트칠이나 보수공사를 한 흔적은 없었다. 거기엔 교실 안과 마찬가지로 하얗고 밋밋한 벽이 있을 뿐이었다.

"난 아무 소리도 못 들었는데. 혹시, 귀신 아냐?"

"야! 장난치지 마. 안 그래도 무서운데."

우리는 황당한 귀신 이야기를 주고받으며 교실로 돌아왔다.

"똑, 똑, 똑. 계세요?"

희진이가 장난스럽게 노크를 하며, 벽에 귀를 갖다 댔다.

"어? 진짜 무슨 소리가 들리는 것 같아!"

그 말에, 나는 머뭇거리며 벽에 귀를 갖다 댔다. 아무 소리도 들리지 않았다. 대신 벽에 낀 때가 보였다. 그저 하얗기만 한 줄 알았던 벽에 얼룩이 지고 때가 껴 있었다. 더러웠다.

얼른 벽에서 떨어졌다. 순간, 벽 속에서 바람이 지나가는 듯한 소리가 들려왔다. 벽의 차가운 기운이 귓속 깊은 곳까지 파고드는 기분이었다. 끈적끈적한 손때가 내 몸에 옮겨 붙을 것만 같았다. 수많은 손이 이 벽을 만졌겠지.

"기분 나빠."

내가 귀를 문지르며 말하자 희진이가 진지한 표정으로 고개를 끄덕였다.

"맞아. 너무 썰렁해."

그러고 보니 벽은 그냥 비어 있었다. 이상할 만큼 텅 비어 있었다. 전에는 아니, 불과 몇 달 전까지만 해도 벽에는 분명 게시판이며 거울 따위가 걸려 있었다. 그런데 지금은 못 자국 하나 남아 있지 않다. 비어 있는 하얀 벽은 마치 안개처럼 그 속을 통과해 계속 걸어 나갈 수 있을 것만 같다.

문득, 2학년 첫날 이 교실에 들어섰을 때 느꼈던 낯설음과 거부감이 떠올랐다. 나는 1학년 때도 이 교실을 썼으니까 줄곧 같은 교실에서 공부하고 있는 셈이다. 낯설 이유가 없었다.

그날 나는 반 배정을 받자마자 2학년 교실이 있는 4층으로 뛰어올라 갔다.

"1반, 2반, 3반, 4반…… 8반. 어? 9반은 어디 있지?"

교실을 찾아 다시 3층으로 내려왔다. 맨 끝 교실. 1학년 9반 교실이 2학년 9반 푯말을 달고 있었다. 그렇게 해서 나는 내가 방금 나왔던 교실로 다시 들어갔다. 하지만 선뜻 교실로 발을 들일 수가 없었다. 뭔가 달랐다.

왜 그때, 몇 년 동안이나 방치되어 사람이 드나든 흔적과 온기가 전혀 없는 빈집이 떠올랐을까?

"에이 진짜. 다 마음에 안 들어. 우리 반만 뚝 떨어져서 이게 뭐야?"

희진이가 툴툴거렸다.

우리 반만 3층에 있는 건 이상한 일이 아니다. 다만 같은 학년과 떨어져 건방진 1학년 후배들과 같은 층을 쓴다는 게 짜증스러웠다.

"맞아. 지용이도 못 보고. 지용이가 날 못 보는 건가? 또 4층에 한번 올라가 줘야겠군. 팬들 관리하러."

지용이는 우리 학년에서 가장 인기 많은 남자애였다. 그런 지용이가 나를 좋아했다. 아니, 지용이도, 라고 해야겠다. 나를 좋아하는 애들은 한둘이 아니니까.

내가 이런 말을 할 때마다 공주병엔 약도 없다며 핀잔을 주던 희진이가 웬일인지 아무 대꾸도 안 했다. 희진이는 못 들은 척 딴청을 피우다가 영주에게 가 버렸다.

나는 기분이 조금 상했지만, 곧 잊어버리고 조그만 손거울을 꺼내 얼굴을 들여다봤다. 수시로 거울을 보는 나를 아이들은 거울 공주라고 놀리지만 사실은 부러워서 그러는 거다. 나는 질투

14

날 정도로 예쁘니까.

나는 예쁘다. 그저 예쁜 정도가 아니라 길거리를 지나가면 누구나 한 번쯤 돌아볼 만큼 예쁘다. 큰 키에 가느다란 팔다리, 조그만 얼굴. 쌍꺼풀 진 큰 눈에 기다란 속눈썹, 오똑한 코, 도톰하고 붉은 입술.

시선이 느껴졌다. 기주가 나를 훔쳐보고 있다. 기주는 틈만 나면 나를 훔쳐본다. 물론 기주만 그러는 건 아니다.

담임이 들어와 사회 수업을 시작했다. 열심히 설명하던 담임이 곧이어 열정적으로 칠판에 필기를 하기 시작했다. 필기를 많이 하기로 유명한 담임은 글자들로 칠판이 하얗게 덮이자, 칠판을 대충 지우고 다시 하얀 글자들을 적기 시작했다. 아이들은 담임이 글자를 지우기 전에 공책에 베껴 쓰려고 펜이 부러져라 팔을 놀렸다.

뚝—.

펜이 부러졌다. 아니, 볼이 튕겨 나갔다.

펜을 쥐고 있던 손가락이 얼얼했다. 나는 가늘고 부드러운 손가락을 어루만졌다. 그러다 슬쩍 기주를 훔쳐봤다. 그 애는 열심히 필기를 하고 있었다.

어쩌면 글씨가 저렇게…….

비정상적으로 길쭉하고 비스듬한 그 애의 글씨는 독특했다. 글씨는 자로 잰 듯 반듯반듯해야 예쁜 거다. 따라서 기주의 글씨는 예쁜 게 아니다. 당연히 아무도 그 글씨를 칭찬하지 않는다. 하지만 자꾸만 눈이 가는 건 어쩔 수 없다. 기주의 얼굴처럼.

나는 몰래 기주를 훔쳐봤다.

기주의 얼굴은 예쁘지 않다. 코가 오똑하지도 않고, 치열이 고르지도 않다. 광대뼈가 불거진 얼굴은 넓적하고, 흐릿한 눈썹 아래, 쌍꺼풀 없이 축 늘어져 있는 눈은 멍청해 보인다. 하지만 그 못생긴 부분들이 모여 신비한 느낌이 들 정도로 묘한 조화를 이루고 있다. 한마디로 매력이 있다.

결코 예쁘지 않지만 끌리는 것. 볼수록 아름다운 것. 사람들은 그걸 매력이라고 부른다. 기주뿐만이 아니다. 자세히 보면 누구나 그렇다. 못생긴 사람일수록 숨어 있는 매력이 많다. 내 옆에 있으면 시녀처럼 보이는 주근깨투성이 희진이도 가끔 반짝반짝 빛이 난다. 희진이가 웃을 때면, 희진이를 못난이로 만들던 그 주근깨들이 개구쟁이처럼 꺄르르 웃는 것만 같다. 그래서 희진이가 순수하고 귀여워 보인다. 하지만 나는 이런 느낌을 아무에게도 말하지 않는다. 오히려 그 매력들을 놀려 대서 단점으로 만들어 버린다.

사람들이 희진이나 기주의 매력을 안다고 해서 그 애들을 나보다 더 예쁘다고 생각하는 일은 아마도 없을 것이다. 하지만 싫다. 누구나 다 나름대로 예쁘다는 게 나는 너무 싫다. 그 애들은 나를 돋보이게 해 주면서, 배경처럼 있는 듯 없는 듯 있으면 되니까.

나는 기주의 눈에서 고개를 홱 돌려 버렸다.

짜증 나. 쟤는 왜 저렇게 못생긴 거야? 어유, 저 멍청한 눈. 볼 때마다 짜증 나.

하지만 나는 알고 있었다. 그게 질투라는 걸. 차라리 기주가 매력이 있다는 걸 알아차리지 못했다면 얼마나 좋을까? 그럼 나는 질투에 휩싸이지도 않을 것이고, 사람들의 관심이 내 예쁜 얼굴에서 그 애한테로 옮겨 갈까 봐 불안해하지도 않을 텐데. 그리고 기주를 미워하지도 않을 텐데.

시선이 느껴졌다.

또 누가 쳐다보는 거겠지.

아이들은 언제나 나를 훔쳐본다. 나는 예쁘니까.

2

내가 처음부터 기주를 싫어했던 건 아니다.

2학년이 된 첫날이었다.

아이들은 주변에 앉은 아이들을 사귀느라 분주했다. 나는 주위에 앉은 아이들이 먼저 말을 걸길 기다리며 도도하게 앉아 있었다. 하지만 아이들은 자기들끼리 사귀느라 바빴다. 그러고 보면 새 학기 첫날은 늘 그랬다. 아이들은 일부러 내게 말을 걸지 않았다. 나처럼 예쁜 아이에게 먼저 말을 거는 게 자존심 상하는 일이라도 되는 것처럼 관심 없는 척했다. 힐끔거리며 훔쳐보는 주제에 말이다.

혼자 가만히 앉아 있는 게 어색해 희진이 쪽을 보니, 희진이는 과장스럽게 깔깔대며 뒤에 앉은 아이와 이야기를 나누고 있었다. 괜히 자존심이 상했다. 나도 가만히 있을 수 없어서, 옆자리에 앉은 아이에게 말을 걸었다. 그 애는 부드럽게 웃으며 나를 봤다.

그게 바로 기주다. 내가 새 학년 첫날 사귄 친구. 나는 기주가 마음에 들었다. 기주는 어른스러웠고 조용했다. 그리고 못생겼다.

나와 기주, 희진이는 자연스레 붙어 다녔고, 얼마 지나지 않아 내게 접근해 온 영주, 세희, 소영이와 더불어 하나의 패거리를 이루었다.

기주는 우리 패거리 중에서 가장 눈에 안 띄는 아이였다. 하지만 점점 아이들의 관심을 받게 됐다. 그것도 아주 조용히, 특별한 노력도 없이 말이다.

기주가 화장실에 가고 없을 때였다.

"기주, 자꾸 보니까 멋지다. 그치?"

"응. 키도 크고. 쟤가 우리 학년에서 제일 클걸?"

"키가 커서 그런지 몰라도 쟤 모델 같지 않니? 얼굴은 그저 그런데 왠지 분위기 있는 것 같지?"

아이들이 기주를 칭찬했다. 나는 괜히 속이 부글부글 끓어올라

기주의 험담을 늘어놓았다.

"분위기? 산전수전 다 겪은 여자 분위기? 원래 저런 애들이 뒤에서 별별 짓 다 하는 거야."

"그러고 보니까 좀……."

희진이가 조심스럽게 거들었다.

"어머, 너도? 나도 그런 거 느꼈는데. 겉으로는 얌전한 척하는데, 아닌 것 같아. 말할 때 눈 아래로 내리깔잖아."

영주가 말하자 세희와 소영이도 기주를 헐뜯기 시작했다.

다른 아이들 마음속에도 나처럼 기주를 질투하고 미워하는 마음이 숨어 있었던 걸까? 우리는 약속이나 한 것처럼 은근히 기주를 따돌렸다. 기주가 무슨 말을 하면 괜히 우리끼리 키득거리며 눈빛을 주고받았고, 일부러 말을 자르거나 무시하곤 했다.

결국, 기주는 우리와 같이 다니지 않게 됐다. 하지만 다른 패거리에도 들어가지 못했다. 이미 아이들은 끼리끼리 어울리고 있었다. 어딘가 끼기에는 어정쩡한 시기였다.

같이 어울리지 않게 된 뒤에도, 우리는 은근히 기주를 괴롭혔다. 내 짝이었기 때문이다. 옆에 앉아 있으니 싫은 마음이 좀처럼 가라앉지 않았다. 머리카락을 늘어뜨린 옆모습, 어두운 표정의 창백한 얼굴, 나지막하고 부드러운 목소리, 기주의 모든 것이 내 신경을 건드렸다. 그래서 나는 기주에게 괜히 비꼬는 소리를 하거나, 일부러 부딪쳐 놓고는 얄밉게 사과를 하고, 바로 뒤에서 친구들과 수군거렸다. 그래도 기주는 큰소리 내거나 따지지 않았다. 그저 뭔가를 꾹 참는 표정을 지으며 고개를 숙였다. 나는 기주의 그런 태도마저도 거슬렸다.

조용했던 기주는 숨소리도 들리지 않을 정도로 더 조용해졌고, 학교에 와서 집에 갈 때까지 책상에 박힌 듯 앉아만 있었다. 그리고 늘 혼자 다녔다.

하지만 내가 기주를 그렇게 만들었다고 생각하지는 않는다. 내가 기주를 괴롭혔다고 해도, 폭력이라기보단 장난에 가까운 것이었다. 다른 아이들에게 기주랑 어울리지 말라고 한 적도 없다. 기주가 새 친구를 사귀지 못한 건 그 애 문제일 뿐이다.

"우리 끝나고 햄버거 먹으러 가자!"

내가 아이들에게 말했다.

"난 별론데. 떡볶이나 먹자."

희진이였다.

"떡볶이? 좋아!"

영주가 맞장구쳤다. 영주가 좋다고 하자 세희와 소영이도 좋다고 했다. 내 의견이 무시되는 것에 기분이 나빠졌다.

요즘 들어 희진이가 내 의견에 반대하는 일이 잦다. 게다가 영주는 희진이 말이라면 무조건 찬성이다.

쉬는 시간이면 언제나 희진이가 내 자리로 왔다. 다른 아이들

20

도 그랬다. 내가 중심이었으니까. 그런데 이젠 모두들 희진이 자리로 간다. 하지만 이건 희진이가 중심이라서가 아니다. 영주가 희진이에게로 가기 때문이다. 영주는 희진이와 친해지고 싶어 안달이다.

영주는 전교 1, 2등을 다투는 아이다. 거기다 영주네 집이 부자라는 건 전교생이 다 아는 사실이다. 영주 아빠가 학교로 찾아올 때면 교감과 담임이 운동장까지 쫓아나가 굽실거리며 인사를 할 정도다. 그런 배경 때문인지 영주에게서는 위압적인 분위기가 풍긴다.

그런 영주가 나도 아니고 희진이 같은 애랑 친해지고 싶어 한다는 게 이해가 되지 않는다. 왜 하필 내 옆에 시녀처럼 붙어 있는 희진이일까? 아마도 영주는 나를 질투해서 내 단짝인 희진이에게 접근한 걸 거다.

그런데 정작 희진이는 영주에게 관심이 없다. 영주 같은 애가 다가오면 감지덕지하는 게 당연한데 요즘 희진이는 뭐든지 다 귀찮다는 식이다. 뭘 물어보면 건성으로 대답하고 신나게 누군가의 험담을 해 대다가도 멍하니 딴생각에 빠지기 일쑤다.

사춘기인가?

그러고 보니, 희진이 얼굴에 여드름이 잔뜩 나 있었다. 언제부터 나기 시작했는지 코끝에 빨간 여드름이 툭 불거져 있고, 앞머리로 가린 이마에는 좁쌀 같은 여드름이 도돌도돌 올라와 있다.

"깨밭에 웬 딸기?"

나는 깔깔대며 희진이의 코를 가리켰다. 주근깨가 잔뜩 난 양볼 한가운데인 코에 빨간 여드름이 툭 불거져 있는 꼴은 정말 우스꽝스러웠다.

"어떡해. 진짜 웃겨. 너 광대 같아."

내 말에 아이들이 웃어 댔다. 희진이는 익살스럽게 코를 찡긋해 보였다.

"야! 여긴 좁쌀밭이다."

나는 희진이의 앞머리를 쓸어 올려 이마에 난 여드름을 드러냈다. 희진이의 얼굴이 벌겋게 달아올랐다.

"깨밭, 좁쌀밭, 딸기밭!"

나는 희진이의 볼과 이마와 코를 차례로 가리키며 놀려 댔다. 마지막으로 코를 가리킬 때는 코에 난 여드름을 콕 찍었다.

"앗!"

희진이가 나를 노려봤다. 아주 잠깐이었다. 눈물을 꾹 참고 있는 눈이 시뻘겠다. 하지만 이내 눈을 돌려 아이들을 보며 아무렇지 않은 척했다. 같이 장난친 건데 화내 봤자 자기만 우습게 될 게 뻔하니까. 그까짓 장난인데.

"윽. 진짜 아프다."

벌게진 얼굴로 아무렇지 않은 척 말하는 모습이 더 우스꽝스러웠다.

22

제까짓 게.

기분이 좋아졌다. 묘한 흥분이 온몸에 생기를 주는 것 같았다. 나는 의기양양하게 자리로 돌아왔다. 수많은 시선이 내 걸음에 맞추어 나를 따라왔다. 내가 움직일 때마다 나를 따라다니는 시선들. 부러움과 질투와 동경의 눈빛들.

수업이 시작됐지만 좀처럼 마음이 가라앉지 않았다.

내가 좀 심했나? 많이 삐친 건 아니겠지?

미안한 마음이 슬며시 일면서 걱정이 됐다. 이러니저러니 해도 희진이는 나와 가장 친한 친구였다. 하지만 내일이면 아무 일 없었다는 듯 친하게 지낼 게 뻔했다. 우린 늘 그래 왔으니까.

희진이에 대한 생각을 금세 털어 버리고 수업에 집중하려고 하는데, 언젠가 맡아 본 적이 있는 것 같은 묘한 냄새가 났다.

무슨 냄새지?

다락방이나 창고 문을 열었을 때 나는 눅눅하고 탁한, 오래 묵은 공기의 진한 냄새.

그리고 신경을 건드리는 미세한 소리가 들려오기 시작했다.

사삭, 사삭, 사삭.

벽에 옷이 스치는 것 같은, 누군가 벽에 바짝 붙어 걷고 있는 듯한 소리였다.

바로 뒤에서 시선이 느껴졌다.

누가 내 뒤에 서 있는 걸까?

가끔 수업 시간에 교감이 조용히 들어올 때가 있다.

그런 거겠지.

시선은 계속해서 내 등과 팔, 손, 손가락들을 훑었다. 하지만 나는 뒤돌아보지 않았다. 꺼림칙하고 불길한 느낌 때문에 그럴 수가 없었다.

사삭. 사악, 사아악. 스아아악, 스아아압. 스으으읍, 스으으읍.

소리는 점점 더 커지다가 거친 숨소리처럼 변했다.

스으으읍, 스으으읍. 스으읍, 스으읍, 스읍. 스읍, 습.

나도 모르게 숨을 멈췄다. 심장이 눌린 것처럼 헐떡댔다.

온몸이 이상한 긴장감에 휩싸여 딱딱하게 굳어 갔다. 하지만 눈은 탁 풀리면서 벌어졌다.

교실이 한눈에 들어왔다. 교과서를 향해 고개를 숙이고 있는 선생님과 아이들, 창문, 교실 구석구석, 오른쪽 구석에 놓인 휴지통과 그 옆에 떨어진 휴지 조각. 심지어 내 등 뒤까지.

그건 내가 보고 있는 게 아니었다. 누군가, 높고 넓은 시야를 가진 누군가가 보는 영상이 내 머릿속을 점령한 것 같았다. 내 눈은 그저 벌어져 있을 뿐이었다. 기능을 잃고 눈앞이 흐릿해진 채.

시선이 느껴졌다. 확연히 다른 하나의 시선. 내 뒤통수를, 내 머리채를 움켜쥘 듯이 집요하게 바라보는 시선.

벽?

벽이 날 보고 있다.

혹시, 이게 가위라는 건가?

학교에서 자다가 가위에 눌렸다는 친구들 이야기를 종종 들었다. 정신은 깨어 있지만 몸은 움직일 수 없는 수면 상태. 오랜 시간 책상에 앉아 있어야 하는 학생들에겐 흔하다면 흔한 일이다.

하지만 나는 알고 있었다. 내가 경험하고 있는 일이 친구들의 이야기와는 뭔가 다르다는 걸.

종이 울리고 아이들이 움직이기 시작할 때에야 비로소 그 끔찍한 시선에서 벗어날 수 있었다. 내 마음 한구석에서 내지르는 비명이 희미하게 들려왔다.

이 교실에서 도망쳐야 해.

3

"야, 너 아까 수업 시간에 왜 그러고 있었어?"

청소 시간에 희진이가 다가와 물었다. 희진이는 그새 화가 풀렸는지 평소와 다름없이 굴었다.

"가위 눌렸어. 재수 없게."

"눈 뜨고? 으, 끔찍해. 이게 다 교실 분위기가 칙칙해서 그래. 이 교실은 도대체 왜 이래? 퀴퀴한 게 교실이 아니라 창고야, 창고. 일 년 동안 어떻게 참았는지 모르겠어."

작년에는 이렇지 않았으니까.

"하여튼 맘에 안 들어. 아, 정말 반 바꾸고 싶다."

희진이 말에 눈이 번쩍 뜨였다.

"우리, 반 바꿔 달라고 할까?"

희진이가 눈을 동그랗게 뜨고 나를 봤다. 우리는 얼른 교무실로 달려갔다.

담임은 기가 막힌다는 표정으로 나를 쳐다봤다. 담임 얼굴엔 불쾌한 표정이 역력했다.

"이 자식이 진짜. 무슨 말도 안 되는 소릴 하고 있어? 안 돼. 나가 봐."

"선생님, 저희는 정말 심각해요. 제발요, 네?"

"참 내. 그래, 뭐 땜에 그러는 건데?"

"자꾸 가위 눌린다고요."

"클 땐 다 그런 거야. 그건 네가 안 자면 되는 거 아냐? 학교에서 잠을 왜 자, 이 자식아."

"그것만이 아니고요. 뭔가……."

나는 입을 다물었다. 내가 왜 이 교실에서 벗어나고 싶은지 설명할 수가 없었다. 나조차도 납득할 수 없었으니까. 벽에 대한 이야기를 한다고 뭐가 달라질까?

"학교 오기가 싫어요. 우리 반엔 친한 친구도 한 명 없고. 우리 교실만 뚝 떨어져서…… 다 너무 싫어요."

희진이가 말했다.

친한 친구가 한 명도 없다는 말이 탁, 걸렸다.

나는?

희진이와 나는 1학년 때부터 줄곧 가장 친한 친구다. 담임을 설득하려고 한 말이겠거니 했지만 기분이 찜찜했다.

담임은 그제야 여드름을 잔뜩 붉히고 있는 희진이를 쳐다봤다. 아니, 발견했다. 언제부터 거기 있었냐는 표정이었다.

"이 녀석아, 친구야 차차 사귀면 되지. 혹시 따돌림이나 괴롭힘을 당하는 건 아니지?"

담임이 물었다. 순간, 불쾌한 기억이 등줄기를 달렸다. 하지만 이내 웃음이 나왔다. 모두가 친해지고 싶어 안달을 하는 내게 따돌림이라니. 작년 여름의 일은 따돌림이라기보다는 잠깐 동안의 오해에 불과했다. 나한테 그런 일이 또 일어날 리 없다. 나는 항상 아이들의 중심에 있다. 게다가 내가 낀 패거리는 항상 반에서 가장 잘나가는 아이들이다. 뭐, 희진이는 내 단짝이라서 끼는 거지만.

결국 우리는 싱겁게 교무실을 나왔다. 아까 희진이의 태도가 떠올랐다. 희진이는 나와 같은 반으로 옮겨 달라는 말 따위는 하지 않았다. 나와 전혀 상관없는 것처럼 굴었다.

나와 같은 반이 아니어도 좋다는 거야?

"넌, 몇 반으로 가고 싶은데?"

나는 일부러 너라는 말에 힘을 주어 말했다.

"4반."

나와 같은 반이면 상관없다고 말하길 기대했던 걸까? 심장이 낮은 소리를 내며 내려앉았다.

"왜 4반이야?"

"뭐, 경미도 있고. 또 그 반 담임이 쿨하니까."

거짓말. 서지용 때문이면서. 주제에 서지용을?

속이 뒤틀렸다.

"참, 4반에 서지용 있잖아. 걔가 경미한테 나 어느 학원 다니는지 물었다더라. 웃겨."

"그래?"

"심심한데 가르쳐 주라고 할까?"

"가르쳐 줘. 재밌겠네."

희진이는 아무렇지 않은 척 대꾸했다.

"네가 재미있을 건 없지. 나랑 같은 학원 다니는 것도 아닌데."

"나도 네가 재미있을 거라는 뜻으로 한 말이거든."

우리는 괜히 틱틱거리며 말을 주고받다가 서먹하게 교실로 들어갔다.

종례 시간, 직업지도나 권장도서목록 따위의 공고문을 들고 들어온 담임이 얼굴을 찡그렸다.

"붙여 놓을 데가 없네?"

담임은 그제야 게시판이 없다는 걸 알아차렸다.

담임이 수위 아저씨와 함께 게시판을 들고 오자, 여자애들이 불만스럽게 말했다.

"거울도 없어요."

"창고에 남는 거울 있던데, 이 반 건가 보네."

수위 아저씨가 거울을 가지러 나가자, 담임은 엉거주춤하게 서 있다가 못을 하나 집어 들더니 거울 매달 자리에 박기 시작했다. 아이들은 재미있는 구경거리라도 되는 듯 빙 둘러섰다.

땅. 땅. 땅. 땅.

못은 좀처럼 들어가지 않았다.

"우리 아빠는 잘 박는데."

누군가 말했다.

담임은 무안한지 땀을 닦으며, 더 힘껏 내리쳤다.

캉!

비명 같은 쇳소리가 들리고,

"으악!"

담임이 주저앉았다. 엄지와 검지에서 피가 흐르고 있었다. 담임은 어른답지 않게 손을 움켜쥐고 데굴데굴 굴렀다.

곧이어 선생님들이 달려와 담임을 데리고 갔다. 아이들도 하나 둘 집으로 돌아갔다.

희진이가 보이지 않았다. 영주와 세희, 소영이도.

떡볶이 먹으러 가기로 한 걸 잊고 뿔뿔이 가 버린 건가? 하지만 희진이가 말도 없이 먼저 가진 않았을 텐데. 화장실 갔나? 기다릴까?

혼자 교실에 있으려니 내키지 않았다. 그런데 기주 책상 위에 책가방이 있었다. 기주가 아직 집에 가지 않은 것이다. 나는 자리에 앉아 희진이를 기다렸다.

툭.

등 뒤에서 들리는 소리에 화들짝 놀라 돌아보니, 박히다 만 못이 바닥에 떨어져 있었다. 못이 떨어져 바닥에 부딪친 소리가 텅 빈 교실에 울려 퍼진 것이다. 그 소리는 잔잔한 물 위로 돌멩이를 던졌을 때, 물결이 천천히 번져 나가는 것처럼 기이할 정도로 긴 파장을 일으켰다.

못 자국에 묻어 있는 피가 눈에 들어왔다.

아……프겠다.

벽이.

못 자국의 선명한 붉은 피가 벽에서 흘러나온 것처럼 느껴진 건, 벽이 유독 하얗기 때문일까?

못 자국을 들여다보고 있는데, 피가 점점 사라지는 것 같은 착각이 들었다. 나는 눈을 비비고 다시 벽을 봤다.

착각이 아니다. 피는, 석고에 물이 빨려들듯 벽 속으로 스며들고 있었다.

나는 벌떡 일어나 밖으로 뛰어나갔다. 그리고 교문을 나설 때
까지 뛰었다. 가방도, 희진이도 잊은 채 본능적으로 도망치고 있
었다.

4

다음 날 담임은 나오지 않았다. 그 후에도 계속해서 나오지 않
았다.

담임은 손가락뼈가 산산조각이 났다고 했다. 부러진 건 손가락
이지만, 머리와 치아도 금이 간 것처럼 아파서 학교에 나올 수 없
다고 했다. 어떻게 뼈가 산산조각이 날 정도로 못을 세게 칠 수
있을까? 하도 필기를 해 대느라 오른손 힘이 지나치게 강해진 걸
까?

담임이 없어도 학교는 무리 없이 잘 굴러갔다. 담임이 하던 일
은 부담임인 체육 선생이 맡아서 했고, 담임이 맡았던 사회 과목
은 일주일이 채 지나지 않아 새 강사가 왔다.

부담임은 교실 뒷벽을 꾸미는 것에는 관심이 없었고, 아이들
또한 그런 일 따위는 금방 잊어버렸다. 뒤에 거추장스럽게 세워
져 있던 게시판과 거울은 누가 치웠는지 사라지고 없었다. 그리

고 벽에 묻은 피와 못 자국도 사라지고 없었다.

사라진 건 그것만이 아니었다. 어느 날, 고개를 옆으로 돌렸을 때 기주가 없었다.

학교에 안 왔나? 어제도 안 온 것 같은데. 언제부터 안 나온 거지?

기주가 언제부터 보이지 않았는지 모르겠다. 그 애는 늘 책상에 박힌 듯이 앉아서 숨소리도 내지 않았기 때문에 있어도 없는 것 같았다.

기주는 계속해서 학교에 나오지 않았다.

왜 안 나오는 거지? 혹시 우리 때문인가? 하지만 요즘엔 괴롭히지도 않는데.

우리가 기주를 괴롭히는 일에 흥미를 잃은 건 꽤 오래되었다. 희진이는 틈만 나면 4층에 올라가 4반을 기웃거렸고, 영주도 덩달아 쫓아다녔다. 우리 패거리는 자연스레 쉬는 시간이면 4층으로 쫓아 올라가기 바빴다.

이상한 건, 부담임이 가끔 출석을 부를 때 기주 이름이 없다는 것이었다.

"야. 기주 전학 갔냐?"

내가 친구들에게 물었다.

"누구?"

"기주."

"기주?"

"내 짝, 기주. 같이 다녔었잖아."

"아, 걔. 몰라."

그게 끝이었다. 아이들은 기주가 전학을 갔건 아니건 관심도 없었다. 하긴 나도 상관할 일이 아니었다. 사람들은 무서울 정도로 쉽게 잊어버린다. 그렇게 기주는 사라졌다.

그리고 편지가 오기 시작했다.

"뭐지?"

책상 서랍 안에 편지가 들어 있었다. 피식 웃음이 나왔다. 나는 이런 편지나 선물을 자주 받았다. 대부분 나를 좋아한다는 내용의 것이었다. 아이들이 모두 나를 보고 있었다. 나는 좋아 죽겠다는 표정을 감추고 태연하게 편지를 펼쳤다.

이게 뭐야?

편지에는 '나는 네가 싫어.'라고 적혀 있었다. 필체를 숨기려고 왼손으로 쓴 글씨였다.

"나는 네가 싫어? 누가 보낸 거야?"

희진이가 뒤에 와서 말했다. 나는 편지를 구겨 주머니에 집어넣었다.

"몰라. 재수 없게."

나는 반 아이들을 둘러보았다.

누가 보낸 거지?

영주와 눈이 마주쳤다. 영주는 어깨를 으쓱하며 웃었다. 우리 둘은 같은 패거리지만 서로를 좋아하지 않는다. 영주가 보냈을 가능성이 가장 크다.

편지는 또 왔다.

'재수 없는 건 너야. 넌 네가 예쁜 줄 알지? 네 얼굴 진짜 질리 거든.'

나는 불에 덴 것처럼 화들짝 놀라 편지를 숨기듯 움켜쥐었다. 아무렇지 않은 척하고 싶었지만 나는 이미 동요하고 있었다. 누가 툭 건드리기만 해도 와르르 무너질 것만 같았다.

"괜찮아?"

희진이가 내 어깨를 짚었다. 나는 참지 못하고 책상에 엎드려 울음을 터뜨려 버렸다.

네 얼굴 진짜 질려.

이까짓 말 때문에 운다는 게 싫고, 그 말을 인정하고 싶지도 않았지만 나는 견딜 수가 없었다. 터져 나오는 울음을 참을 수가 없었다. 영주를 포함한 몇몇이 다가와 나를 위로했다. 편지를 쓴 누군가를 욕하며 화를 냈다.

편지는 계속해서 왔다. 학교에 왔을 때 책상 위에 놓여 있기도 했고, 쉬는 시간이나 점심시간, 내가 잠깐 자리를 비운 사이에 서랍 속에 들어 있기도 했다.

아침에 편지가 없는 날은, 하루 종일 자리를 비우지 않으려고 애썼다. 화장실에도 가지 않고 책상에 박힌 듯이 앉아만 있었다.

"야, 서지용 화나지 않았을까?"

"아냐. 걔 은근히 그 뭐냐, 하여튼 그렇다니까."

점심시간이었다. 친구들이 내가 모르는 얘기를 주고받고 있었다.

"왜? 뭔데?"

내가 끼어들었다.

"그러니까 그게…… 설명하려니까 너무 복잡하다. 몰라. 그냥 넘어가."

친구들은 다시 자기들만 아는 얘기를 해 댔다. 내가 자리를 지키고 있는 동안, 4층에서 무슨 일이 있었던 거다. 항상 일어나는 그렇고 그런 시시한 얘기일 게 뻔했다. 하지만 그 이야기 속에 낄 수 없는 건 시시한 일이 아니었다.

"방학 때 주근깨 뺄까 봐."

희진이가 얼굴을 찡그리며 말했다.

"아냐. 얼마나 귀여운데. 순수해 보이고 좋아."

"진짜?"

"그렇다니까. 야, 희진이 웃을 때 보면 진짜 개구쟁이 같지 않냐?"

영주가 나를 똑바로 보며 물었다.

"어? 어……."

나는 애매하게 대답했다.

다들 알고 있다. 희진이의 매력을. 어쩌면 질투하는 내 마음까지도.

나는 나쁜 짓을 하다 들킨 사람처럼 동요했다. 약한 진동 같은 불안함이 나를 흔들고 있었다. 그리고 그 흔들림은 점점 더 커져 갔다.

나는 다시 패거리들과 4층을 오르내렸다. 이상하게 어색했다. 겨우 몇 번 안 어울렸을 뿐인데 그 애들과 나 사이에는 몇 달이 흐른 것 같은 거리가 있었다.

자리에 붙어 있지 않으니 다시 편지가 왔다. 내가 서랍에서 편지를 꺼내자 아이들이 우르르 몰려들었다. 편지를 기다리고 있었다는 듯 눈을 반짝였다.

"또 그 편지야? 뭐야? 뭐라고 적혀 있어?"

그 관심들이 불쾌하게 느껴졌다.

나는 더 이상 아이들에게 편지가 온 걸 알리지 않았다. 편지가 오면 몰래 주머니 속에 넣어 두었다가 아이들이 없는 곳에서 꺼내 읽었다.

"진짜 짜증 나. 누군지 잡히면 가만 안 둘 거야."

"혹시, 기주가 보내는 거 아냐?"

희진이가 화장실에서 나오며 말했다.

기주?

언뜻 얼굴이 생각나지 않았다. 이목구비 없이 하얀 얼굴만 희미하게 떠올랐다.

"그래. 너 걔 괴롭혔잖아."

"내가? 언제?"

"네가 걔 따돌렸잖아. 그게 괴롭힌 거지."

"야, 내가 혼자 그랬냐?"

"우린 그냥 거든 거지."

어이가 없었다. 같이 따돌릴 땐 언제고.

내가 기주를 비꼬거나 괴롭힐 때, 옆에 서 있던 아이들의 모습이 떠올랐다. 눈을 번뜩이고 있다. 재미있어 죽겠다는 표정. 그땐 알지 못했지만 돌이켜 보니 섬뜩한 얼굴들이다. 내 표정도 그랬을까? 그래서 기주는 우리를 보고 고개를 숙였던 걸까? 무서운 것이라도 본 것처럼.

"어디 숨어서 지켜보고 있는 거 아냐? 복수하려고."

지켜본다는 말에 벽이 떠올랐다.

나는 여전히 느끼고 있었다. 벽의 시선. 벽 속에서 들리는 소리들. 하지만 희진이에게조차도 그 얘기는 할 수 없었다.

가위에 눌린 것뿐이야.

클 땐 다 그래.

나는 얼른 고개를 흔들어 벽에 대한 생각을 털어 버리고, 세면

대 위 거울을 들여다봤다. 눈 밑의 검은 그림자와 윤기를 잃고 탁해진 피부가 내가 얼마나 시달리고 있는지를 보여 주었다.

까칠한 얼굴에 파우더를 바르고 립글로즈를 칠하는데 희진이가 말했다.

"그러고 보니까 너랑 걔랑 닮은 것 같아."

지독한 욕설이라도 들은 것처럼 기분이 상했다.

"뭐가 닮았는데?"

나는 따지듯이 물었다.

"어, 우선 키가 크고…… 맞다. 표정이 똑같아. 왜 너 가위 눌렸을 때 있잖아. 그때 걔도 똑같은 표정이더라니까. 둘 다 눈이 막 튀어나오려고 하는데, 진짜 웃겼어."

똑같은 표정이었다고? 그럼, 그때 기주도 벽에서 들리는 소리를 들었던 건가?

"야! 그럼 그때 얘기했어야지. 이제 얘기하면 어떡해!"

화가 났다. 그때 알았더라면 뭔가 달라졌을 텐데.

희진이는 황당한 표정으로 나를 물끄러미 보다가 혼자 나가 버렸다. 기운이 쭉 빠졌다.

기주를 찾아야 돼.

교실에 돌아오니 아이들이 내 자리에 모여들어 있었다.

"너는 마음이 정말 추잡해. 그래서 네 얼굴도 점점 찌그러지고 있는 거야."

영주가 큰 소리로 편지를 읽고 있었다. 아이들이 빙 둘러서 있었다. 모두들 재미있어 죽겠다는 표정이었다. 갑자기 머릿속이 멍해졌다. 수치심에 얼굴이 벌겋게 달아올랐다. 하지만 화를 내야 하는 건지, 아무렇지 않은 척 저 틈에 끼어 편지 보낸 누군가를 욕해야 하는 건지 알 수 없었다. 내가 어떻게 행동해야 할지 알 수 없었다.

"너 같은 건 사라져 버려야 돼? 이 말은 너무했다. 그치?"

영주가 안됐다는 식으로 말했다. 하지만 그 애의 표정은 전혀 그렇지 않았다. 나는 달려들어 영주의 손에서 편지를 낚아챘다. 영주가 놀라며 돌아보더니 이내 인상을 쓰며 나를 노려봤다.

"야. 너 뭐야? 왜 나한테 화풀이야?"

"왜 네 멋대로 편지 읽어? 네가 나라면 기분 좋겠어?"

"읽으면 안 돼? 친구니까 걱정돼서 그런 건데."

"걱정? 웃기고 있네. 야! 네가 보냈지?"

"어이없다. 너 진짜 짜증 나거든. 이러니까 이런 편지나 받지!"

영주는 나를 확 밀치고 자리로 가 버렸다. 아이들도 자리로 돌아갔다. 난 혼자 멍하니 서 있었다.

어쩌자고 영주랑 싸워 버린 걸까?

내 옆에는 아무도 없었다. 겁이 났다.

이제 누구랑 밥 먹지?

나는 아이들을 둘러보았다. 희진이와 눈이 마주쳤다. 희진이는 여전히 내 단짝이다. 그건 나도 알고, 희진이도 알고, 모두가 다 아는 사실이다. 안심이 되었다. 눈물이 주르륵 흘러내렸다. 희진이가 머뭇거리면서 다가와 나를 위로했다.

다행히 영주는 그 일로 나를 따돌리지 않았다. 하지만 다들 나를 서먹하게 대했다. 그나마 희진이가 있어서 그 애들과 어울릴 수 있었다.

5

"안 어울려. 이게 뭐야, 이게."

영주가 뱅 스타일로 자른 내 머리카락을 툭툭 건드렸다.

"이런 머리 진짜 짜증 나지 않냐?"

영주는 장난치는 척 시비를 걸고 있었다. 원래의 나였다면 화를 내고 싸웠을 것이다.

"내가 좀 독특하지."

나는 어깨를 으쓱하며 아무렇지 않은 척했다. 어색하게 웃으면서. 분명 내 얼굴은 벌게져 있겠지만.

시간이 지날수록 영주의 장난 같은 시비가 늘어났다. 나는 영주가 미워 죽을 지경이었지만 겉으로 드러내지는 않았다. 겁이 났기 때문이다. 패거리에서 떨어져 나가 혼자되는 것이. 단짝인 희진이가 있었지만 왠지 예전같이 편하지가 않았다.

나는 그렇게 위태롭게 그 애들 틈에 끼어 있었다. 불안하고 외로웠다. 그리고 그럴 때면 기주가 생각났다. 비록 내가 기주를 괴롭히긴 했지만, 기주라면 다시 내 친구가 되어 줄 것 같았다.

편지를 보낸 게 기주일까?

그게 사실이라고 해도 그 애가 있었으면 했다.

정말 전학 간 걸까? 부담임에게 물어봐야겠어.

어쩌면 나는 기주가 만만하기 때문에, 그 애라면 뭐든 다 받아 줄 거라 여겨서 그 애를 찾는 건지도 몰랐다. 어쨌든 나는 기주를 찾아야 했다. 지금도 나를 보고 있는 저 벽 때문이라도.

"기주? 그런 이름은 없는데? 전학 간 거 아니니?"

부담임은 아무것도 몰랐다.

교문 앞에서 희진이와 헤어지고 집으로 가는데 문득, 담임이 떠올랐다. 담임이라면 알고 있을 것이다. 아무리 쉬고 있다고 해도, 반 아이가 학교에 나오지 않는 이유를 모를 리 없다. 나는 다시 학교로 달려가 담임 전화번호를 물어 전화를 걸었다.

"잘 모르겠는데."

담임은 애매하게 대답했다. 기주가 학교에 안 나오는 이유를 모르겠다는 건지, 기주란 아이 자체가 생각이 안 난다는 건지 알 수가 없었다.

웃음이 나왔다. 기주가 사라졌는데, 그 이유를 아는 사람이 아무도 없다니.

어?

교무실을 나오는데 희진이가 계단을 올라가는 게 보였다. 희진이는 아까 교문 앞에서 헤어졌다. 요즘 희진이는 학원 때문에 수업이 끝나면 학원으로 뛰어가기 바쁘다.

나는 얼어붙은 듯 서 있었다.

뭘 두고 간 거겠지.

심장이 터질 듯이 뛰었다. 불길한 예감을 애써 누르며 희진이가 올라간 계단의 반대편 계단으로 올라갔다. 3층에 오르자 희진이가 교실로 들어가는 게 보였다. 나도 교실로 향했다.

삐걱거리는 소리가 텅 빈 복도에 울려 퍼졌다. 천천히 걸었다. 소리가 나지 않도록.

아닐 거야. 괜히 오해할 거 없어.

교실 앞문에 다다랐다. 창문 너머로 희진이가 보였다. 희진이는 교실 맨 뒤, 내 책상 서랍 속에 편지를 넣었다. 하지만 잠깐 고민하더니 다시 편지를 꺼냈다. 그리고 책상 위에 놓았다. 아주 잘 보이게. 희진이가 웃었다.

구토가 치밀었다. 나는 문을 벌컥 열고 들어가 희진이에게 따지지 않았다. 대신 진땀을 흘리며 옆 반 교실 문을 열었다. 구역질이 올라오는 입을 틀어막은 채, 소리가 나지 않게 조심하면서.

나는 희진이가 교실을 나와 계단을 다 내려갈 때까지 옆 교실에 숨어 있었다.

온몸이 부들부들 떨렸다. 나는 희진이가 혹시나 다시 올까 겁을 내며 우리 반 교실로 들어갔다. 그리고 내 책상으로 다가갔다. 편지는 집어서 펼쳐 볼 필요도 없었다. 이미 너무도 당당하게 펼쳐져 있었으니까.

조민희.

편지엔 내 이름만이 적혀 있었다.

그리고 그 이름을 지우듯 ×자가 두껍게 그어져 있었다. 영정 사진에 둘러진 리본처럼 검은 ×자가 내 가슴을 조여 왔다.

숨이 막혔다.

희진이가 나와 헤어진 뒤 다시 학교로 향하는 모습, 나와 함께 교실을 나서면서 내 책상 서랍에 슬그머니 편지를 넣는 모습, 교실 문을 나서는 내 등을 보며 차갑게 웃는 모습이, 마치 본 것처럼 생생하게 떠올랐다.

희진이는 언제부터 나를 미워한 걸까? 지용이 때문에? 나를 질투해서? 내가 예뻐서? 하지만 왜 이렇게까지? 나를 미워하는 거지?

혼란과 배신감으로 가슴이 터질 것 같았다.

하지만 나를 가장 절망적으로 만드는 건 희진이가 나를 미워한다는 사실이 아니라, 희진이에게 화를 낼 수 없다는 사실이었다. 내가 알고 있다는 걸 말하는 순간, 희진이와 나는 더 이상 친구일 수 없다. 그 애는 가장 소중한 친구다. 그리고 유일한 친구다. 어쩌면 나는 희진이를 잃는 것보다 혼자 남겨지는 게 더 두려운 건지도 모른다. 언제까지 모르는 척 편지를 받아야 하는 걸까?

내가 진짜 없어진다면 희진이도 후회하겠지? 슬퍼하겠지?

너무 아파서 정말 사라져 버리고 싶었다. 희진이 말대로 없어져서 그 애를, 이 편지를 즐기던 모두를 죄책감으로 떨게 만들어 주고 싶었다.

하지만 그 와중에도 나는, 머릿속으로 끊임없이 찾고 있었다. 나를 받아 줄 만한 만만한 아이의 이름을, 얼굴을. 하지만 아무리 찾아도 그럴 만한 아이가 떠오르지 않았다. 기주밖에는.

무서워서 몸이 덜덜 떨려 왔다.

어떡하지? 어떡하면 좋지?

왈칵, 눈물이 쏟아졌다. 나는 펑펑 울었다. 하지만 아무 소리도 나지 않았다. 목구멍이 꽉 막힌 것처럼 아무 소리도 나오지 않았다.

한참을 책상에 앉아 울고 있는데, 갑자기 팔에 소름이 돋기 시작했다. 등 뒤에서부터 차갑고 습한 공기가 밀려들고 있었다.

나를 보는 시선이 느껴졌다. 그 시선은 내 어깨를 훑고 있었다. 마치 위로하듯이. 하지만 미세한 선인장 가시가 온몸에 들러붙는 것처럼 소름이 돋아 견딜 수가 없었다.

누구야!

비명을 내질렀지만 내 입에선 그저 끙끙대는 신음이 새어 나올 뿐이었다. 심장이 오그라들어 아무 소리도 낼 수가 없었다.

—나야

누군가 말했다. 아니, 벽이 말했다.

그 목소리를 듣는 순간, 그 애가 생각났다.

분명 그 애다.

나는 이 아이를 알고 있다. 하지만 이상하게도 얼굴이 떠오르지 않는다. 이름도 생각나지 않는다. 분명히 아는 아이인데, 이 아이에 대해 아무것도 떠오르지 않는다.

벽의 시선이 다시 내 어깨를 훑었다. 차가운 기운이 귓속으로 파고들었다.

—울지 마

나는 이미 울고 있지 않았다.

벽 속에서 한숨 같은 바람이 불었다.

그 애와 이야기를 나누던 기억이 어렴풋이 떠올랐다. 그 애와 나는 친구였다. 작년, 아마 여름방학을 앞둔 1학기 말이었을 것이다. 날씨는 찌는 듯이 더웠고 아이들은 짜증과 흥분으로 가득 차, 손만 대도 툭 터질 것 같았다. 그때 나는 그 아이와 붙어 다녔다. 하지만 곧 여름방학이 왔고 그 뒤로는 어울린 기억이 없다.

마음이 놓였다. 그 애는 만만한 아이였다.

—그래 그게 나야

벽이 말했다.

너 왜……. 왜 여기 있는 거지?

벽이 갑자기 흘러내리기 시작했다. 뒤돌아보지 않았지만 알 수 있었다. 벽은 물렁물렁한 밀가루 반죽처럼 흘러내렸다. 그리고 한 걸음 한 걸음 걸어오듯이, 내 등 뒤로 다가왔다. 흘러내린 벽이 발꿈치에 닿았다. 벽은 부드러웠다. 하지만 차가웠다. 너무 차가워서 벽에 닿은 살갗이 아파 왔다.

나는 발을 앞으로 질질 끌어 벽에서 떨어졌다. 하지만 질퍽한 벽은 계속 흘러내려 내 발꿈치를 따라왔다. 다리가 마비된 것처럼 잘 움직이지 않았다.

물렁물렁한 벽이 내 등 뒤에서 흘러내리고 있는데도 나는 굳은 것처럼 책상에 앉아만 있었다. 겁이 나서 움직일 수가 없었다. 견뎌 낼 수 없는 그 무언가가 뒤에 있을 때는 뒤돌아볼 수 없다. 벽은 계속해서 다가왔고 끊임없이 흘러내렸다.

물렁거리는 벽 속에 빠져들면 어떻게 될까?

"왜……."

말이 신음처럼 흘러나왔다. 등 뒤의 벽이 다시 딱딱하게 굳어 가는 게 느껴졌다. 나는 그 애를 괴롭힌 적이 없다. 그것만은 확실했다. 하지만 잠깐 동안 친구였다는 것 말고는 아무것도 생각나지 않았다.

"왜 이러는 건데?"

아까까지만 해도 질퍽거렸던 벽이, 물기가 흔적도 없이 사라지는 석고처럼 바싹 말라 가고 있었다.

벽 속에서 희미한 소리가 흘러나왔다. 바람 새는 소리인지 힘없는 웃음소리인지 분간이 가지 않았다.

문득, 기주가 떠올랐다. 그리고 기주의 책가방도. 담임이 다친 날, 내가 벽에 묻은 핏자국을 들여다보다가 교실을 뛰쳐나갔던 그날, 기주의 책상에 놓여 있던 책가방.

갑자기 눈이 탁 풀렸다. 눈앞이 하얘지면서, 그날 내가 도망친 뒤 교실로 들어오고 있는 기주의 영상이 보였다.

기주는 책상 위에 놓인 내 가방을 멍하니 바라보다 자리에 앉았다.

"도대체 나한테 왜 그러는 거야?"

기주가 내 가방을 보며 속삭였다.

"우린 친구잖아……."

나를 기다리고 있는 걸까? 나는 도망쳤는데. 한참을 앉아 있던 기주가 갑자기 굳어졌다. 그리고 누군가와 대화하는 것처럼 혼잣말을 하기 시작했다. 그 애는 끊임없이 중얼거렸다. 그러다 갑자기 뒤를 돌아보았다. 그리고 벽을 향해 말했다.

"나도 데리고 가 줘."

기주를 어떻게 한 거야?

……기주도 거기 있니? ……기주는, 기주는…….

벽이 흔들렸다. 벽이 웃음을 참고 있었다. 벽 속에서 끽끽거리는 웃음이 새어 나왔다. 참을 수 없이 높고 날카로운 소리였다. 그 소리에 진동하듯 몸속의 핏줄이 터질 것처럼 부풀어 올랐다. 눈과 목구멍 속의 가느다란 실핏줄까지도 팽팽하게 부풀어 올랐다. 바싹 마른 목 안이 따끔거렸다. 곧이어 입속에서 비릿한 피맛이 느껴졌다. 나는 두려워서 침도 삼킬 수가 없었다.

벽의 시선이 내 어깨를 감쌌다.

—너도 이젠 혼자구나

혼자구나.

그 말이 왜 그렇게 따뜻하게 느껴졌을까? 갑자기 눈물이 났다. 벽의 시선이 내 손을 가만히 잡았다. 따뜻했다.

그래. 손이 따뜻했어.

나는 늘 습관처럼 그 애의 손을 꼭 잡고 얘기하곤 했다. 그러면 그 애는 빙긋 웃으면서 내 얘기를 끝까지 들어 줬다.

그때는 여름이었다.

"어우 냄새. 머리 좀 치워. 야! 넌 머리도 안 감고 다니냐? 진짜 비위 상하게."

내가 밥을 먹다가 희진이에게 말했다. 희진이가 나를 뻥하게 쳐다봤고 같이 밥을 먹고 있던 친구들은 나를 노려봤다. 아이들 모두가 나를 노려보고 있었다. 나는 별생각 없이 한 말이었지만 아이들은 그냥 넘어가지 않았다.

친구들은 더 이상 나와 같이 밥을 먹지 않았고 다른 아이들도 은근히 나를 피하는 눈치였다. 모두들 나를 따돌리고 있었다.

혼자 밥을 먹는다는 건 정말 끔찍한 일이었다. 나는 만만한 아이들을 찾아 접근했다. 하지만 아이들은 짜기라도 한 것처럼 나를 피했다.

그때 교실 한구석, 책상에 박힌 듯이 웅크리고 앉아 혼자 밥을 먹고 있는 그 애를 발견했다. 그 애는 꼭 책상 같았다. 교실에 있는 듯 없는 듯 존재하는 책상이나 의자처럼 그 애는 그랬다. 나는 그 애에게 다가갔다. 그리고 같이 밥을 먹었다.

그렇게 나는 그 애와 친구가 됐다. 나는 매일 그 애와 붙어 다녔다. 그 애에게 희진이 욕을 하고, 내가 얼마나 억울한지 하소연을 했다.

그 애는 편안했다. 그래서 나는 어떤 말이든 다 할 수 있었다. 누구에게도 할 수 없는 비밀 얘기를 그 애에게는 아무렇지 않게 할 수 있었다.

그 애는 내 이야기를 진지하게 들어 줬다. 소문내는 일도 없었다. 그 애는 '임금님 귀는 당나귀 귀'라고 외칠 수 있는 대나무 숲 같았다.

—대나무 숲

벽이 내 기억을 음미하듯 속삭였다.

그 애는 손이 따뜻했고, 언제나 속삭이는 것처럼 작은 소리로 말했다. 그리고 얼굴이 꺼칠하고 유난히 하얬다.

여름방학이 지나고 나서, 나는 다시 희진이와 아무 일도 없었다는 듯이 지냈다. 다른 아이들과도 마찬가지였다. 그리고 그 애는 잊어버렸다.

아이들과 웃고 떠드는 내 등을 가만히 쳐다보고 있는 그 애가 떠올랐다.

미안해.

진심으로 미안했다. 등 뒤로 벽이 한 발 다가오는 게 느껴졌다.

그런데 넌 왜 벽 속에 있는 거야?

—글쎄 생각나 네가 나보고 벽에 대고 얘기하는 것 같다고 했었잖아

나는 한 번씩 기분이 나쁠 때나, 그 애가 내 이야기를 듣고 내가 원하는 반응을 보여 주지 않으면 답답하다며, 벽에 대고 말하는 것 같다고 핀잔을 주곤 했다. 그러면서도 쏟아 내고 싶은 말이 있으면 그 애에게 달려갔다.

—나도 내가 꼭 벽 같았어 다들 벽에 대고 얘기하는 것처럼 하고 싶은 말을 주르륵 쏟아 내고는 뒤돌아섰으니까 그럴 때면 몸 속에 시멘트를 부어 놓은 것처럼 답답했지 난 정말 벽이 되어 가

고 있었나 봐

텅 빈 교실에 그 애가 혼자 앉아 있는 영상이 눈앞에 나타났다. 반 배정을 끝내고 아이들이 우르르 교실을 빠져나가 4층으로 뛰어 올라가는데 그 애는 혼자 우두커니 앉아 있다.

—내 이름이 없었어 2학년 1반 2반…… 9반까지 다 불렀는데 내 이름이 없었어 손을 들고 선생님을 불렀는데 아무도 내 말을 듣지 못했어 나를 보지 않았어 내 이름이 없는데 아무도 알지 못했어 잊어버린 거야 나를 그때 난 정말 벽이 되었어

마음이 아팠다.

유난히 하얀 얼굴이 꺼칠하고 목소리가 너무 작은, 그 애의 손을 왜 잡아 주지 않았을까. 그 애는 손이 따뜻했는데.

미안해.

벽이 한 걸음 더 다가왔다. 등에 벽이 닿았다. 밀가루 반죽처럼 말랑말랑한 벽.

그 애는 언제나 내 얘기를 듣기만 했다. 그 애는 자기 얘기는 하지 않았다. 왜 그 애는 내게 자신을 보여 주지 않았을까?

벽이 들릴 듯 말 듯 한숨을 쉬었다.

보여 주지 않은 게 아니다. 내가 보지 않은 거다.

나는 언제나 내 얘기를 하기 바빴다. 나는 밥을 먹기 위해서, 화장실에 가기 위해서, 불평을 늘어놓고 싶어서 그 애를 찾아갔다. 그래서 그 애의 말을 들을 시간이 없었다. 그 애도 하고 싶은

말이 있다는 걸, 고민이 있다는 걸 생각해 본 적도 없었다. 나는 그 애에 대해 아무것도 궁금해하지 않았다. 나는 다른 친구를 사 귈 때까지만 그 애가 필요했던 거니까.

여전히 얼굴이 떠오르지 않았다. 이목구비 없이 하얀 얼굴만이 머릿속을 맴돌았다. 무엇이든 떠올려 보려고 노력했지만 더 이상 아무것도 생각나지 않았다.

—모르는 거야

벽이 속삭였다. 그랬다. 나는 그 애에 대해 그 이상 아는 게 없 었다. 나는 그 애를 몰랐다.

축축하고 물렁한 벽이 등 전체로 느껴졌다. 손처럼 내 어깨를 짚은 벽이 가슴으로 흘러내렸다.

나는 몸을 틀어 뒤를 돌아보았다. 그때 내가 왜 뒤를 돌아보았 을까.

벽이 말했다.

"그래. 이젠 네가 내 얘기를 들어 줄 차례야."

난 네가 되고

이건 기회였다. 사실 나는 늘 꿈꿔 왔다.

주영이가 죽고, 내가 주영이가 되는 상황을.

얼마나 여러 번 반복해서 상상했던가.

주영이가 물에 빠져 죽는다. 주영이가 차에 치여 죽는다.

주영이가 옥상에서 떨어져 죽는다.

주영이가 숨이 막혀 죽는다.

주영이가 별 이유도 없이 픽 쓰러져 죽는다.

그리고 아무도 죽은 쪽이 우리 중 누구인지 모른다.

어둡다. 완벽한 어둠 속이다. 우주처럼 끝없는 공간인지, 사방이 막힌 작은 상자 속인지 구분이 가지 않는다. 다만, 확실한 건 이 어둠 속에는 아무것도 없다는 것이다. 아무것도 없다. 없다라는 인식조차도 없다.

아무것도 없는 완벽한 어둠 속으로 무언가가 침범한다. 아주 먼 곳에서 집요하게 흘러든다. 희미하고 약한 소리다. 그 규칙적인 소리에 집중한다. 숨소리다. 내 숨소리다. 아, 나는 아직 있구나. 그와 동시에 아무것도 없다라는 인식이 파고든다.

아무것도 없는 곳에 내가 있다. 막막한 두려움과 함께 녹아 버릴 것 같은 편안함이 밀려든다.

숨 막히는 공포와 황홀한 평안 사이에서 나는 소리 없이 웃는다.

내 소리 없는 웃음 사이로, 역시나 소리 없는 웃음이 들려온다.

이건 내 것이 아니다. 나는 그 들리지 않는 웃음소리에 허둥댄다. 불길한 예감에 호응하듯 어둠에 틈이 벌어진다. 먼지 같은, 바늘구멍 같은 그 틈으로 빛이 쏟아져 들어온다. 달아나기 위해 발버둥치지만 그 빛은 순식간에 어둠을 덮쳐 지워 버린다. 평안이 흔적도 없이 사라진다.

—…….

빛이 사방에서 나를 찌르고 있다. 이 빛은 참을 수 없을 만큼 시끄럽고 공격적이다. 빛은 서서히 형태를 띠어 간다. 그리고 마침내 서글플 정도로 시시한 정체를 드러낸다. 군데군데 균열이 간 백색의 천장과 빛이 바랜 낡은 형광등. 눈을 감고 싶은데 눈꺼풀이 파들파들 떨릴 뿐 감기지 않는다. 고개를 돌릴 수도, 손을 뻗을 수도, 몸을 움직일 수도 없다. 나는 시시한 빛 아래, 수치스러울 만큼 나약한 모습으로 누워 있다.

제발 누가 내 눈을 감겨 주었으면. 누가 불을 꺼 주었으면.

"괜찮아?"

삼촌이 내 이마에 손을 얹었다. 소독약 냄새. 병원. 그래, 사고가 났었다. 엄마가 화를 내고, 운전하던 아빠가 돌아보며 소리를 지르던 바로 그때.

"엄마는?"

"주영아……."

문득 익숙한 기분이 든다. 잠깐씩 의식이 돌아올 때마다 몇 번이고 되풀이된 질문. 이 질문에 삼촌은 뭐라고 답했더라. 나는 어떤 반응을 보였더라.

"돌아가셨어. 엄마도. 아빠도."

삼촌은 주저하지도 않고 가볍게 대답한다. 지쳐 보인다. 질린 것인지도 모르겠다. 어떤 슬픔이나 고통도 진절머리 나는 반복보다 강할 순 없다. 조금 미안한 마음이 든다. 삼촌을 피곤하게 만드는 질문 따위 더는 하지 말아야지, 착하게 다짐한다. 그럼에도 나는 또 묻는다. 반복되는 질문을 끝내기 위해서. 나는 입을 열고, 같은 질문을 반복하게 만든, 하지만 그 반복 속에서도 결코 꺼낼 수 없었던 이름을 말한다.

"……주영이는?"

"주영이도 죽었어. 아, 넌 지영이구나."

주영이가 죽었다.

오주영.

내가 존재하기 시작한 때부터 늘 함께였던 나의 쌍둥이 자매.

주영이가, 죽었다.

나는 입을 닫았다. 입 밖으로 내뱉어야 할 어떤 말도 떠오르지 않았다.

나를 둘러싼 사람들이 계속해서 말을 걸어왔지만 대꾸하지 않았다. 그들의 말은 내가 알 수 없는 잡음으로 들렸다. 그 소리들에 반응해야 한다는 생각도 들지 않았다.

내 머릿속에는 온통 주영이가 죽었다는 사실만이 들어차 있었다. 엄마가 죽었다는 것도 아빠가 죽었다는 것도 들어올 틈이 없었다.

지긋지긋한 내 반쪽.

없어졌어.

나는 얼마나 자주, 주영이가 없어지는 상상을 했던가. 그런데 정말 없어졌다.

웃음이 터져 나왔다.

웃음이 멈추지 않았다. 눈물이 줄줄 흘러내려도 웃음은 멈추지 않았다.

나는 어릴 때부터 참을 수 없이 무서울 때면 웃음이 났다. 겁에 질려 비명을 지르고 싶은 순간에도 내 입 밖으로 흘러나오는 건 늘 웃음이었다. 발작처럼 멈출 수가 없는 웃음.

지금도 나는 무서운 걸까?

그럴 리가 없다. 나는 기쁜 거다. 기쁠 때도 웃음은 나오는 거니까.

"하하하하하하하하하하하하하하하!"

"주영아! 아니, 지영아! 진정해. 심호흡을 해!"

다들 내 이름 앞에 주영이 이름을 먼저 부른다. 늘 그랬다.

웃음이 잦아들었다. 숨을 제대로 쉬지 못해 온몸이 저려 왔다. 사람들이 뻣뻣하게 굳은 내 몸을 주물러 댔다.

감정이 가라앉으면서 머릿속이 선명해졌다.

차에 타고 있던 모두가 죽었다. 나만 빼고. 게다가 난 크게 다친 곳도 없다. 물어뜯기고 할퀸 자국만 가득할 뿐. 끔찍한 일이지만, 기적처럼 느껴지기도 했다. 그 기적이, 행운으로 가득 찬 것 같은 주영이가 아니라, 내게 왔다. 이런 게 바로 운명일까?

문득, 내가 기적적으로 살아난 운명이라면, 예전처럼 살고 싶지는 않다는 욕망이 솟구쳤다. 나는 다르게 살고 싶었다. 나는, 주영이처럼 살고 싶었다. 하지만 모두들 예전의 나를 알고 있다. 우리를 알고 있다. 내가 주영이처럼 산다면, 모두들 내가 주영이 흉내를 낸다고 말할 것이다. 주영이만 없었다면 나는 주영이처럼 살았을 텐데도. 아무도 지영이란 이름으로 주영이처럼 사는 걸 용납하지 않는다.

그렇다면 주영이처럼이 아니라 주영이가 되면 어떨까?

이건, 기회였다. 사실 나는 늘 꿈꿔 왔다. 주영이가 죽고, 내가 주영이가 되는 상황을. 얼마나 여러 번 반복해서 상상했던가. 주영이가 물에 빠져 죽는다. 주영이가 차에 치여 죽는다. 주영이가 옥상에서 떨어져 죽는다. 주영이가 숨이 막혀 죽는다. 주영이가 별 이유도 없이 픽 쓰러져 죽는다. 그리고 아무도 죽은 쪽이 우리 중 누구인지 모른다. 나는 자연스레 주영이가 되어 살아간다. 상상했던 상황 중 하나가 현실이 된 것이다.

"지영아, 이제 좀 괜찮아?"

삼촌의 물음에 나는 고개를 돌리며 말했다.

"지영이는 죽었잖아. 지영이는……."

슬픈 척 말끝을 흐렸다. 어쩌면 그 말을 할 때 정말 슬펐는지도 모르지만.

"아…… 주영이었니? 미안, 삼촌이 잠깐 착각하고."

속아 넘어간다. 아무렇지 않게. 한 사람이 죽었느냐, 살았느냐 하는 문제인데 아무런 의심 없이 그냥 속아 넘어간다. 쌍둥이가 아니라면 있을 수 없는 일이다. 쌍둥이라면 죽은 게 어느 쪽이라 도 별 상관없는 걸까? 우린 분명 다른 사람인데.

그까짓 것. 아무래도 좋다.

이제부턴 혼자니까.

나는 곧 퇴원했고 할머니, 삼촌과 함께 살게 되었다. 할머니 집 에서 사는 게 힘들지는 않았다. 할머니는 직장에 다니는 엄마 대 신 늘 집안일을 하고, 우리를 돌봐 주었기 때문에 우리에겐 엄마 보다 더 친근하고 편안했다. 아직 젊은 삼촌도 밝은 성격이라 우 리는 늘 삼촌을 따랐다.

이따금 가족을 잃었다는 사실에 숨이 막혀 오기도 했지만, 더 이상 지영이로 살지 않아도 된다는 생각을 하면 가슴이 벅찼다.

게다가 보통 아이들이 부모를 잃고 난 뒤에 닥치는 문제들이 내겐 없었다. 친척 집을 전전하며 눈치를 볼 필요도 없고, 수입이 끊겨 생활이 막막하지도 않았다. 내가 성인이 될 때까지, 아니 그 이후까지도 걱정할 필요 없을 만큼의 돈이 있고, 외가나 친가도 부유한 편이다.

"주영아. 공원에 운동 갈 건데, 같이 갈래?"

"떡볶이 사 줄 거야?"

나는 삼촌의 팔짱을 끼며 애교를 떨었다. 예전엔, 내가 말하기 전에 주영이가 먼저 그 말을 했다. 그럼 나는 말을 하려다 말고 어색하게 웃곤 했다. 그럴 때마다 말을 삼키며 다문 입안에 이물질이 가득 들어차는 것 같은 느낌이 들었다. 불쾌하고, 불길하기까지 한 기분이.

무슨 말이든, 하려고 입만 열면 기다렸다는 듯 나와 똑같이 생긴 아이가 튀어나와 내가 하려고 하는 말을 먼저 한다. 그건 마치, 나라는 존재가 둘인 느낌이다. 똑같은 존재가 둘일 때, 그중 하나가 모든 일을 다 해 버릴 때, 나머지 하나는 아무것도 할 필요가 없다. 필요가 없어진다.

"지영이도 떡볶이 좋아했는데……."

삼촌의 말에 나는 말없이 떡볶이를 씹어 삼켰다. 입안에 통증에 가까운 열기가 감돈다. 나는 어릴 때부터 매운 걸 잘 먹지 못했다. 떡볶이 따위 좋아한 적도 없다. 떡볶이를 좋아한 건 주영이다. 왜 하필 이따위 걸 먹으러 오자고 한 걸까?

"힘들지?"

나는 가만히 고개를 끄덕였다. 마냥 즐거운 척할 순 없으니까.

—…….

누구지?

갑자기 웃음소리가 들려 돌아봤다. 아무도 없다. 하지만 분명히 들었다. 누군가 내 옆에 붙어 앉아 낮게 웃는 소리를.

주영이?

"ㅎㅎㅎ."

나도 모르게 웃음이 흘러나왔다. 몸이 차가워지고 있었다. 차가운 손가락들이 심장을 더듬기라도 하는 것처럼.

삼촌이 걱정스러운 얼굴로 내 어깨를 감싸 안았다. 따뜻한 체온 속에서 차가운 내 몸도 서서히 온기를 되찾았다.

아침, 복도를 걷는 기분이 좋다. 빈 복도에 불어오는 바람. 간간이 들려오는 아이들의 웃음소리. 사고가 난 후, 처음으로 등교하는 날이다. 얼마 지나지 않았지만, 오랜 시간 이곳을 떠나 있었던 것처럼 그립고 아련한, 감상적인 기분이 들었다.

모두들 잘 있겠지.

"아."

교실 문을 열려다 흠칫하곤 재빨리 주위를 둘러봤다. 다행히 복도엔 아무도 없었다.

그래. 난 이제 주영이지.

우리 교실에서 몸을 돌려 주영이 반인 2반 교실로 발걸음을 옮겼다. 문을 여는 손이 긴장으로 떨려 왔다.

정말, 이래도 되는 걸까? 내가 할 수 있을까?

탁!

누군가 내 어깨를 쳤다.

놀라 돌아보니, 그 애가 서 있었다. 유수원. 나는 이 애를 좋아한다. 하지만 모두가 그렇듯이, 이 애 역시 내가 아닌 주영이를 좋아한다.

"안 들어가고 뭐 하냐?"

유수원이 시원스럽게 말했다.

이젠, 날 좋아해 줄까?

"힘들었지?"

그 애의 눈빛이 따뜻하다.

교실에 들어서자, 이미 와 있는 몇몇 아이들의 시선이 일제히 내게 쏠렸다.

놀라고 당황한 표정들. 그 얼굴들을 어떻게 대해야 할지 몰라 나는 시선을 피한 채, 천천히 주영이 자리에 가 앉았다.

드르륵.

교실 문이 열리고 몇몇 아이들이 떠들면서 들어왔다. 그 애들

역시 나를 보고 당황한 듯 입을 다물고 조용히 자리에 가 앉았다.

교실 문이 열릴 때마다, 불편한 침묵이 만들어지는 일이 반복됐다.

조심스럽게 수군대는 소리가 들려왔다. 나에 대한 이야기다.

뭐지? 무슨 말을 하고 있는 거지?

혹시, 들킨 걸까?

심장이 세차게 뛰었다. 기를 쓰고 도망치는 발소리처럼.

내가 무슨 실수라도 한 걸까? 아니다. 그렇게 쉽게 들킬 리 없다. 뭔가 실수를 했다 해도 사고로 충격을 받아서 그렇다고 여길 거다. 그래, 기, 기억상실증 같은 거. 아니, 그딴 건 필요 없다. 주영이에 대해 내가 모르는 건 없으니까. 내가 주영이처럼 연기하면 모두가 속을 수밖에 없다. 그래, 주영이는 연기를 잘했다. 그 앤 늘 연기를 했다. 사실 나도 그랬다. 그래, 이젠 그럴 필요도 없다. 사실 난 주영이하고 똑같은 성격이니까. 주영이 때문에 난……. 주영이만 없으면 난 주영이나 마찬가지다. 주영이는 없다. 그러니까. 그러니까.

뒤섞인 생각들이 뱅글뱅글 돌아가며 반복됐다. 진땀이 났다.

"괜찮아?"

따뜻한 손길이 내 어깨를 감쌌다. 유나다. 옆에 승연이도 있다. 채리도. 채리가 나를 꼭 안아 주었다. 모두들 주영이의 친구. 아니, 이젠 내 친구다.

이럴 때 주영이라면 어떤 반응을 보일까?

생각하는 것과 동시에 나는 주영이를 연기한다.

"야, 내가 너희들 얼마나 보고 싶었는지 아냐? 연락도 없고. 나쁜 것들."

"그럼. 알지."

"연락하면 안 되는 줄 알고. 미안해."

승연이가 울음을 터뜨렸다.

바보 같은 년.

1교시, 2교시. 교실에 익숙해지는 데는 오랜 시간이 걸리지 않았다. 내겐 이 모든 것들이 너무나 낯익으니까. 쉬는 시간마다 나는 이 교실에 있었다. 어쩔 땐 주영이와 수업을 바꿔 듣기도 했다. 주영이가 싫어하는 음악 시간이면 내가 대신 수업을 듣곤 했다. 나 역시 음악을 싫어했지만 주영이는 늘 내 약점을 가지고 나를 이용해 먹었다. 그런데 이젠, 그것들이 오히려 도움이 되고 있다.

모두들 우리가 쌍둥이라 서로에 대한 애착이 강해 붙어 다니는 거라고 여겼지만, 사실 난 내 옆에 그림자처럼 서서 끊임없이 떠들어 대는 주영이의 목소리를 듣는 것이 구역질 날 정도로 싫었다. 그렇다고 주영이가 날 좋아한 것도 아니다. 그런데도 우리는 늘 붙어 다니면서 서로를 미워하고 괴롭혔다. 한쪽이 움직이지 않으면 다른 한쪽도 움직일 수 없는 샴쌍둥이처럼, 따로 떨어진다는 생각은 하지도 않았다. 우린 한 쌍이었으니까.

어쩌면 우린 정말 샴쌍둥이였는지도 모르겠다. 육체가 아닌 영혼이 붙어 버린 샴쌍둥이. 어쩌다 우린 영혼의 일부분이 붙어 버린 걸까? 너무 가까워서 서로의 영혼을 섞고 싶었던 걸까? 아니면, 차지하고 싶었던 걸까?

'불구 같아. 너랑 같이 있으면 병신 같은 기분이 들어.'

주영이의 말처럼 이건 일종의 장애일지도 모르겠다. 그리고 육체가 연결된 것보다 더 무서운 일인지도.

육체가 붙어 있는 샴쌍둥이는 한쪽이 죽으면, 죽은 쪽을 떼어 낸다. 그러다 나머지 한쪽마저 같이 죽는 수도 있지만 어쨌든 떼어 낼 수 있다. 하지만 영혼이 붙어 있는 경우에는 어떻게 해야 하는 걸까? 정말 주영이의 죽은 혼이 붙어 있다면, 어떻게 떼어 버려야 하는 걸까?

내 영혼의 한쪽에 덜렁거리며 붙어 있는 주영이의 혼이 느껴지는 것만 같아 소름이 돋았다.

"흐흐흐."

웃음이 흘러나왔다.

영혼의 샴쌍둥이라니. 그런 게 있을 리 없잖아.

인간에게 혼이라는 게 있다고 가정한다 해도, 육체와 마찬가지로 혼도 영원할 수는 없다. 만약 혼이 영원히 존재한다면 이제까지 존재했던 그 무수히 많은 생명체들의 혼들로 이 세상은 터져 버리고 말았을 거다. 몸은 사라지는데, 혼은 사라지지 않는다는 건 공평하지도 않다. 균형이 맞지 않는 것이다. 따라서 혼 역시 몸처럼 죽음의 순간이 있을 것이다.

긴장이 풀어져서인지, 갑자기 화장실이 가고 싶어졌다.

"선생니임."

주영이는 늘 애교 있는 목소리로 선생님을 불렀다. 재수 없게.

"화장실 좀."

불쌍한 표정까지 지어 보이면서. 아이들이 킥킥거리며 웃는다. 선생님도 웃는다. 선생님들은 귀엽고 싹싹한 주영이를 예뻐했다. 뒤에서 뭐라고 욕을 하는지 알지도 못하면서.

"어휴. 못 말려, 오주영."

교실 문을 닫는데, 유나가 말했다. 웃음이 났다. 다들 속아 넘어가고 있다.

모든 게, 너무 쉬워.

빈 복도를 걸어가는데, 복도 끝에서 불어오는 서늘한 바람이 목덜미에 감겨 왔다. 그 바람이 귓가를 휘감을 때, 웃음소리가 들렸다.

—…….

둘러보지만 복도는 텅 비어 있다. 분명 들었는데.

주영이?

있을 리 없잖아. 귀신 따위. 기분 탓이야. 바람 소리를 잘못 들은 거야.

화장실에 들어가 문을 잠그는데, 갑자기 불이 꺼졌다.

누가 장난을 치고 있는 걸까?

설마 내가 주영이가 아닌 걸 알고, 심술을 부리고 있는 건 아니겠지?

화장실 안은 점점 어두워지더니 이윽고 아무것도 분간할 수 없을 만큼 깜깜해졌다. 불이 꺼졌다 해도 밖은 한낮이다. 이렇게까지 어두울 수는 없다.

도대체 무슨 짓을 한 거지?

문을 더듬어 손잡이를 잡았다.

덜컥. 덜컥. 덜컥. 덜컥덜컥덜컥.

아무리 돌려도 열리지 않았다.

"장난치지 마."

목소리가 떨려 나왔다. 마구 문을 두들겼다. 소용없었다. 발로 문을 차 보려 했지만, 그럴 수가 없었다. 그만큼의 공간이 없었다. 어느새 등이 벽에 닿아 있었다. 옆도. 앞도.

좁아. 왜 이렇게 좁지?

숨 막혀. 누가…… 누가 불 좀 켜 줘. 누가.

"흐흐흐."

벌어진 입 틈으로 웃음이 흘러나왔다. 어린아이가 겁이 나 오줌을 지리는 것처럼 나도 그렇게 웃음을 질질 흘리고 있었다.

68

—⋯⋯.

내 웃음소리에 섞여 들려오는 웃음소리. 나와 똑같지만 다른 웃음소리.

"주영이지. 너, 주영이지?"

대답이 없다. 어둠 속에 내 목소리만 공허하게 울려 퍼졌다.

벽에 등을 기대고 무너지듯 주저앉아 몸을 잔뜩 웅크렸다.

이건 다 환상이야. 죄책감 때문에 꾸는 지독한 꿈이야.

무엇 때문이었더라. 기억해 낼 가치조차 없는 아주 사소한 일에서 시작되었는데. 사실 그건 싸우기 위한 핑곗거리에 불과했는지도.

"병신 같은 게 지랄이야!"

주영이가 욕을 했고, 내가 주영이의 머리를 잡아당겼다. 그러자 주영이가 내 뺨을 쳤고, 나 역시 주영이에게 달려들어 닥치는 대로 할퀴고 물어뜯었다. 늘 주영이 기세에 눌리는 나였지만 그날만큼은, 그때만큼은 지고 싶지 않았다. 주영이를 죽이고서라도. 내가 죽더라도.

차가 흔들리고, 운전석 의자에 우리의 몸이 부딪혀 아빠가 화를 내도, 우리는 멈추지 않았다.

"그만두지 못해!"

급기야 엄마가 안전벨트를 풀고, 뒷좌석 쪽으로 몸을 기울여 우리를 마구 때렸다. 그런데, 그런데 이상하게도 엄마는, 나만 때리고 있었다. 어느 틈엔가 나는 둘과 싸우는 꼴이 되어 있었다. 악이 받쳤다. 나는 엄마의 팔을 발로 걷어차고 주영이의 팔을 물어뜯었다. 피가 배어 나와도 멈추지 않았다. 하지만 그건 주영이역시 마찬가지였다.

"진짜 미치겠네. 위험하니까 의자 치지 말라고 했지! 그만해! 그만!"

아빠가 소리를 지르며 뒤를 돌아봤다. 그리고 콰과광, 큰 충격이 일었다. 그때까지도 나와 주영이는 서로를 놓지 않고 있었다. 주영이의 머리가 차 천장에 부딪히는 게 보였다. 엄마와 아빠의 몸이 확 꺾였다. 나 역시 어딘가에 처박혔다. 설마. 다치진 않을거야. 설마. 죽진 않을 거야. 설마. 설마. 전혀 실감 나지 않는 충격이었다.

일분이나 지났을까? 그 모든 게 멈췄다.

온몸이 다 아파 왔지만, 죽지 않았다. 그래, 겨우 몇 분 만에 사람이 죽지는 않는 거야. 하지만 머리를 들 수가 없었다. 뭔가가 내 뒷목을 누르고 있었다. 낑낑거리며 빠져나와 보니, 내 목을 누르고 있던 건, 주영이의 몸이었다. 내 머리가 주영이 배에 처박혀 있었던 것이다. 내 몸 여기저기에 피가 묻어 있었지만 그건 내 피가 아니었다. 주영이의 피였다. 내 위에 올라타 나를 때리고 있던 주영이의 몸이 쿠션 역할을 한 것이다. 내 머리가, 몸이 주영이를……

"아니야. 나 때문이 아니야."

한참을 웅크리고 울었다.

불이 켜졌다. 조용히 문이 열렸다.

"주영아. 너도 이해하는 거지? 나 때문이 아니라는 거. 아는 거지? 그렇지?"

나는 애원하듯 속삭였다. 아무 대답도 없다.

주영아. 제발, 나타나지 마.

주영이로 살아가는 건 무척이나 즐거웠다. 큰 소리로 책상을 두드리며 웃고 하고 싶은 말을 마음껏 해도, 누구 하나 "야, 너 왜 그래?"라고 핀잔주지 않았다. 하루하루가 활기차고 즐거웠다. 하지만 즐거운 만큼 위험하기도 했다. 아슬아슬 흔들리는 줄 위를 걸어가는 기분이었으니까.

"너 오주영 맞아?"

담임의 말에, 얼굴이 확 굳어졌다.

"점수가 왜 이 모양이야?"

담임이 쪽지 시험지를 흔들었다. 굳었던 얼굴이 풀어졌다.

"힘들어서 공부를 못 했더니……."

"주영아. 힘든 건 아는데…… 이건 네가 다 알던 거잖아."

변명이 통하지 않는다. 어쩌면 이 선생은 정말 의심하고 있는지도. 선생만이 아닐지도 모른다. 모두들……. 이까짓 일 때문에 모든 걸 다 무너뜨릴 순 없다. 돌이키기엔 너무 늦었다. 철저하게 주영이가 될 수밖에 없다.

주영이로 사는 데는 노력이 필요했다. 그러고 보면 주영이는 늘 노력했다. 완벽한 자신을 위해서. 같은 나이의 아이라고는 믿기지 않을 정도로 지독하게 굴었다.

시험 기간이면 과외 선생과 새벽까지 공부를 하고는, 놀다 온 것처럼 시침을 뗐다. 그런가 하면, 이따금 열심히 하고 있다는 걸 일부러 드러내기도 했다. 그러면 아이들은 주영이를 머리 좋고, 솔직하기까지 한 아이로 여겼다. 주영이는 정말 머리가 좋은 아이였다. 특히 사람을 다루는 데 있어서는.

그래. 널 떠올리면 늘 지독하다는 느낌이야. 네 이름에서 지독한 냄새가, 푹푹 썩는 냄새가 진동하는 것 같아.

공부를 하고 있는데, 피식 웃음이 났다. 모두들 상상도 못 하겠지. 주영이가 징그러울 정도로 욕심 많은 아이였다는 걸. 그런 점이 엄마를 꼭 닮았다. 엄마는 극성스러운 여자였다. 배 속에서부터 우리를 들볶았으니까.

언젠가 내 시험지를 발기발기 찢던 주영이가 떠오른다. 주영이도 만점. 나도 만점. 주영이는 그걸 참지 못했다. 나 역시 참을 수 없었다. 같은 나이, 같은 모습, 우리는 늘 비교 대상이었다.

"엄마! 지영이가 공부하는 거 방해해!"

"지영아, 주영이 내일 경시대회 나가야 하는 거 몰라? 어서 나와."

신경질적으로 소리치는 엄마. 일부러 더 진지한 표정으로 공부를 시작하는 주영이. 그 모습을 보며 가슴 졸이는 엄마. 그들을 노려보는 나. 그런 나를 쏘아보는 엄마. 냉랭한 표정의 엄마……

나는 언제부터 밀려났던 걸까? 서서히. 서서히. 아주 서서히.

이젠, 내가 순식간에 네 자리를 빼앗아 주겠어.

뚝.

책 위로 피가 떨어졌다. 코피다. 다행히 학교엔 들고 가지 않는 문제집이다.

너로 살기 위해서 이 정도쯤이야.

코피를 쏟아서인지, 머리가 핑 돌면서 눈앞이 깜깜해졌다.

숨쉬기가 힘들다. 너무 무리했나?

—…….

주영이?

척척하게 젖어 든 목덜미가 서늘하게 식었다.

"왜 나타나는 거야?"

—…….

섬뜩한 웃음소리. 어둠이 점점 더 짙어지고 무거워진다. 순식간에 방 안 공기가 나를 짓누른다.

어두워.

불길한 예감에 손을 뻗자, 벽 같은 게 만져졌다. 축축하고 차갑다. 정신없이 사방을 더듬어 보지만, 손바닥이 벽에 부딪히는 소리만이 되돌아온다. 탁. 탁. 탁. 앞도, 옆도, 뒤도, 모두 막혀 있다. 그리고 점점 더 좁아진다.

나를 둘러싼 공간이 점점 더 좁아진다. 숨 막혀!

"주영이지? 네가 이러는 거지?"

대답이 없다. 하지만 난 알 수 있다. 주영이가 내 옆에 바싹 붙어 있다는 걸. 한 번도 내게서 떨어진 적이 없다는 걸. 죽은 이후에도.

죽어서까지 나를 괴롭히고 있어. 죽어서까지!

"맞지! 너지? 대답해, 오주영. 대답해! 대답해! 대답해! 흐, 흐흐, 흐흐흐흐, 흐흐흐흐흐흐흐흐흐!"

웃음이 터져 나온다.

무서운 게 아니야. 너 따위 무섭지 않아.

'틀려. 틀려. 넌 항상 틀려.'

왜 죽어서까지 나를 괴롭히는 거야? 내가 네 흉내를 내서?

'넌 늘 내 흉내를 내잖아.'

주영이가 내게 했던 말들이 가슴에 콱 꽂힌다.

아니야. 아니야! 휴, 흉내를 낸 건 너잖아. 네, 네가…… 그래. 네가! 내가 무슨 말이든 하려고만 하면, 네가 먼저 해 버렸잖아. 내가 할 말을 읽고, 일부러, 일부러 방해했잖아! 처음엔 네가 나와 생각하는 게 똑같아서, 할 말도 같은 줄 알았어. 하지만 아니야. 넌 일부러 그런 거야. 넌 그렇게 지독한 인간이니까!

'그걸 이제 알았어? 병신 같은 년.'

꺼져! 꺼져! 꺼져! 꺼져 버려!

소리치고 싶지만 그럴 수가 없다. 웃음, 입 밖으로 끊임없이 흘러나오는 웃음을 멈출 수가 없다.

벌컥!

빛이 새어 들어온다. 놀란 얼굴의 삼촌이 서 있다.

나는 쭈그리고 앉아 웃고 있다. 옷장 안에서. 내가 언제 여기에 들어왔지? 좁은 건 질색인데. 가만, 내가 언제부터 좁은 걸 못 견뎠지?

"지영아. 괜찮니?"

웃음이 잦아들었다. 나는 가만히 고개를 끄덕였다. 폐쇄공포증 환자처럼 좁은 걸 못 견디는 건 주영이다.

"공부 그만하고 자. 너무 무리하니까⋯⋯."

"아니야! 아니야, 삼촌. 나, 고, 공부 안 했어. 안 했다고!"

"⋯⋯."

"아까 나보고 지영이라고 했지? 왜 자꾸 실수해? 난 주영이잖아. 주영이!"

삼촌의 얼굴이 어두워진다.

삼촌이 방에서 나가자, 온몸의 기운이 빠져나갔다. 어두워진 얼굴. 삼촌은 왜 그런 표정을 지었을까?

'쉽지 않을 거라고 했지?'

주영이가 내 귓속에, 내 심장에 속삭이는 것만 같다.

'쉽지 않을 거라고 했지? 내가 되는 거.'

"내가 너로 살든 말든 네가 무슨 상관이야? 너는 이미 죽었잖아. 죽었는데 왜!"

옆에 있는 주영이를 노려보듯 휙 고개를 돌렸다.

내 시선이 닿은 곳에, 내 얼굴이 있었다.

옷장 안에 달린 작은 거울에, 내 얼굴이 비치고 있었다. 멍청한 표정으로 눈초리를 늘어뜨리고 있는, 겁에 질린 개 같은 내 얼굴이. 그 얼굴을 향해, 쥐고 있던 펜을 집어 던졌다.

탁.

불길한 소리를 내며 펜이 튕겨 나간다. 거울 속 내 눈이 어느새 올라가 있다.

주영이를 닮았다. 아니다. 이건 주영이다.

"나쁜 년."

노력한 보람이 있었다. 학원에서 친 시험에서 3등을 했다.

이제 조금만 더 가면 돼.

"오주영. 성적 다시 올렸다면서?"

"하긴. 주영이는 기본 실력이 있으니까."

친구들이 칭찬을 해 준다. 끔찍한 사고가 있었던 친구에게 진심으로 건네는 격려다.

"진짜 부럽다니까. 난 정말 머리가 둔한가 봐. 야, 넌 뭘 먹어서 그렇게 머리가 좋냐?"

아부에 가까운 칭찬들. 하지만 이상하게 기쁘지 않다. 괜히 속이 배배 비틀린다.

이런 칭찬 받을 만큼 괜찮은 인간이야? 오주영이? 아무것도 모르면서!

"약 먹어. 우리 엄마가 머리 좋아지는 영양제 사다 주거든. 비타민도 꼭 챙겨 주고. 이젠 할머니가 해 주지만. 과외 선생님은 과학고 현직 교사야. 불법이니까 어디 가서 말하면 안 돼. 혼자 공부할 땐 집중력향상학습기 사용하고."

"어…… 그랬어? 그래도 호박에 줄 긋는다고 수박 되냐? 그것도 머리가 따라 주니까 되는 거지. 넌 아이큐도 높잖아."

그러니까 네가 새대가리라고 불리는 거야, 박채리. 넌 그것도 모르겠지. 주영이는 채리를 늘 그렇게 불렀다. 물론, 내 앞에서만.

"칫. 뻔한 아이큐 테스트. 그거 시험공부 하듯이 트레이닝 몇 번만 받으면 금방 올라가."

"그런 것도 있어?"

"어쨌든 부럽다. 어떻게 해서든 공부만 잘하면 되지 뭐."

"얼굴도 예쁘고."

또 자기들끼리 키득거린다. 얼굴은 나도 똑같아. 그런데 왜 주영이만 예쁘다고 해?

"예쁘긴, 돈을 얼마나 처들이는데."

아이들의 눈빛이 흔들린다. 이제 알겠어? 오주영이 어떤 인간인지.

"하긴. 오주영 저거, 완전 극성이잖아. 수련회 때 가방에 매직기, 세팅기 다 챙겨 온 거 보고 진짜 지랄한다 싶었다니까. 거기다 여행용 가방 질질 끌고 왔잖아. 해외여행 가냐?"

뭐야. 알고 있었어? 너희들도 조금은 아는구나.

"하여튼 진짜 재밌다니까."

재밌어? 재밌다고? 구역질 나는 게 아니라, 재밌다고? 불쾌한 감정이 참을 수 없을 만큼 차올랐다.

"으이그. 솔직한 주영 씨. 난 네 그런 성격이 진짜 좋다니까."

유나가 내 볼을 잡고 흔든다. 네 별명은 개새끼야. 네 앞에선 강아지를 닮았다고 말하지만.

"내 성격이 어떤데?"

"어?"

오주영. 특별해지고 싶어 안달하는 계집애. 게다가 욕심은 지나치게 많지. 누구에게라도 사랑 받아야만 직성이 풀렸어. 자기를 싫어하는 애들에겐 한 명, 한 명 접근해 결국 자기편으로 만드는 교활한, 재수 없는 년이었어.

"내 성격이 어떤데? 네가 나를 알아? 네가 내가 어떤 인간인지 아냐고?"

당황한 표정들. 그래. 이제 정체를 다 밝혀 버리는 거야. 오주영이 어떤 인간인지.

"야! 너 어디 아프냐?"

유나가 내 어깨를 툭 쳤다. 채리가 삐죽거린다.

"그래. 너 좀 이상해. 왜 그래? 지영이같이……."

지영이같이?

퍼뜩 정신이 들었다.

나를 보고 있는 아이들 얼굴에 의심이 가득하다.

내가 무슨 짓을 한 거지?

"나 화장실 갈래."

"나도."

아이들이 멈칫거리다 나가 버렸다. 빈 강의실에 나만 혼자 남겨 둔 채.

지영이같이…….

지영이 같다는 건 어떤 거지?

주영이 뒤만 졸졸 쫓아다니며 흉내 내는 기분 나쁜 애? 주영이가 없으면 뭘 해야 하는지도 모르고, 아무것도 할 줄 아는 게 없는 멍청이? 아무것도 아닌 애? 필요 없는 애?

— …….

네가 방해하고 있는 거지? 맞아! 죽어서까지 나를 방해하고 있는 거야! 그런다고 내가 겁먹을 줄 알아? 귀신 따위 무섭지 않아. 그게 너라면…… 영혼까지도 없애 주겠어.

— …….

분명 내 옆에 와 있는 거다. 주영이는 아직도 내 옆에 덜렁거리며 붙어 있는 거다.

순간, 왜 주영이가 내 곁에 머무는지 알 것 같았다.

두려운 거다. 내가 자기가 되는 게. 그런데 왜지? 왜 두려운 거지?

"하."

웃음이 나왔다.

이제 알겠어. 내가 네가 되면, 내가 완벽하게 네가 되어 버리면, 넌 없는 거야. 왜냐면 내가 너니까. 너란 존재는 필요 없어지는 거지. 필요 없는 건 존재할 수 없어. 영혼까지도.

"하하하하하하하하하하."

"야. 너 왜 그래?"

돌아보니, 아이들이 걱정스런 눈으로 나를 보며 서 있었다.

"웃겨 죽겠네. 야! 니들 왜 그렇게 잘 속냐? 내가 그런 말 하면 니들이 어떻게 나오나 떠본 거 아냐. 어휴, 정말."

"뭐야? 장난친 거야? 난 또. 깜짝 놀랐잖아."

친구들 얼굴이 금세 풀어졌다.

오주영. 네 바보 친구들 정도는 나도 속일 수 있어.

"야! 음료수 쏜다. 가자. 이 의리 있는 것들!"

나는 손가락을 튕기며 말했다.

어?

내가 방금 뭐 한 거지?

주영이는 손가락을 탁탁, 튕기는 버릇이 있다. 어느새 나는 정말 주영이가 되어 가고 있다.

오주영. 넌 이제 완전히 없어지는 거야. 영혼까지도.

나는 친구들과 깔깔거리며 우르르 몰려 나갔다.

어쩐 일인지 휴게실에는 우리밖에 없었다.

"나 잠깐 화장실 갔다 올게."

나는 화장실에 가는 척하고, 몰래 휴게실 밖에서 아이들의 대화를 엿들었다. 내가 없는 사이에 내 얘기를 할지도 모른다. 좋은 기회였다. 주영이에 대해서 속속들이 알고 있긴 하지만, 이 애들이 지금 어떤 생각을 하는지도 알아야 했다. 나는 철저하게 주영이가 돼야 하니까.

"언제까지 이럴 거야?"

유나가 날카롭게 말했다. 갑자기 휴게실 분위기가 확 바뀌었다. 무슨 얘기를 하는 거지?

"별수 없잖아."

"그래서 언제까지 저렇게 놔둘 건데?"

"그럼 어쩌자고? 네가 말할 거야?"

"지금 그게 중요한 게 아니잖아. 잔인하다고 생각하지 않냐? 다 알면서……."

설마.

온몸이 긴장으로 굳어 왔다.

"에이, 그때 괜히 장난을 쳐 가지고. 아씨, 찜찜해."

"그게 뭐 우리 잘못이냐? 우린 그냥 화장실 문 막고, 불 끈 것밖엔 없잖아. 주영이랑은 늘 그러고 놀았으니까. 그런데 갑자기 지 혼자 미쳐서 울고불고. 그때 그냥 사과하고 얘기했어야 해. 불쌍해서 맞춰 주다 보니까 여기까지 온 거 아냐."

"야! 솔직히 우리가 이러는 게 그 일 때문이냐? 재미로 이러는 거잖아!"

"우리도 우리지만 쟤도 진짜 역겨워. 주영이인 척. 정말 미친거 아냐? 닮았다고 속을 줄 아냐? 딱 보면 알지."

"놔둬. 주영이인 척하든 말든. 어쨌든 쟤는 쟤잖아."

"정말 그래도 될까?"

더 이상 들을 수 없었다. 들리지 않았다.

또다시 사방이 막힌 공간 안에 들어와 있다.

숨 막혀.

모두가 다 안다고? 이미 다 알고 있었다고?

그렇게 노력했는데.

—…….

웃지 마.

'내가 되고 싶지? 진짜 내가 되고 싶어…… 죽겠지!'

그래. 난 그래. 난…… 그래.

벌컥!

문을 열고 들어선다. 땀으로 온몸이 척척하다.

"주, 주영아."

"휴. 힘들어 죽는 줄 알았네!"

정말이지 숨이 찰 지경이다. 이렇게 되기까지 너무나 힘들었다.

"저기. 주영, 아니 지영아. 우리 너한테 할 말 있어."

"입 닥쳐. 정유나. 너 뒈지고 싶나?"

순간, 아이들의 얼굴이 얼음처럼 굳어진다. 그리고 멍청한 눈
을 들어 나를 본다. 심술궂은 입술과 치켜 올라간 눈초리를. 아이
들의 눈빛이 깨질 듯 흔들린다.

바보와 새대가리와 개새끼가 차례로 입을 연다.

"……."

"너……."

"진짜…… 주영이었니?"

그럼. 진짜 주영이고말고.

내가 지영이였다는 기억이 점점 사라지고 있다.

필요 없어진 내 영혼도 사라지는 게 느껴진다.

조금 감상적인 기분이 든다.

좋아해 줄걸. 한 번이라도 나를 좋아해 줄걸. 이렇게 사라져 버
릴 지영이란 이름을.

탁. 탁. 탁.

사방이 벽.

마치 관 속처럼 어둡고 무거운 공간이 점점 좁아진다. 점점. 점
점. 그 속에 든 내 영혼이 사라진다. 진득하게 감겨 오는 완전한
어둠 속으로……

주영아, 난 네가 된 거지?

주영아?

붉은 곰팡이

심장이 빳빳하게 굳으며 뻐근한 통증이 일었다.
눈앞에 거대한 벽화가 있었다.
좁고 어두운 거실 끝,
벽 한 면을 곰팡이가 그림처럼 가득 채우고 있었다.
그 해독할 수 없는 문양들은
벽 한 면이 비좁다는 듯 꿈틀거리다,
사방으로 번져 나가기 시작했다.

곰팡이 냄새가 난다. 곰팡이가 몸 깊숙이 뿌리를 내리고 피어 있기라도 한 것처럼 내게서 곰팡이 냄새가 난다.

쥐

새로 이사 온 이곳은, 집이라는 말이 어울리지 않는다. 세 들어 사는 지하방.

나는 이 지하방이 무섭다.

어쩌면 우리 가족이 이 지하방으로 오게 된 것은 누군가의 악랄한 장난, 치밀하게 짜인 함정은 아니었을까?

우리는 다세대주택 2층 전셋집으로 이사할 예정이었다. 하지만 모든 건 일시에 틀어져 버렸다. 계약까지 다 해 놓은 상황에서 갑자기 전세금 대출을 받을 수 없게 되어 버렸기 때문이다. 살고 있는 곳은 비워 줘야 하고, 이사 갈 곳은 없어져 버린 상황에서 급하게 빈집을 찾았지만 형편에 맞는 집은 좀처럼 나타나지 않았다.

결국 매달 우리 집 수입의 4분의 1을 세로 내야 하는 셋방이라도 구하려고 할 때, 중개인이 우리를 이곳에 데려왔다. 지은 지 30년은 되었을 것 같은 낡은 빌라의 반지하.

"반지하도 찾아봤지만 이렇게까지 싼 곳은 못 봤는데."

아빠의 말에 중개인은 묘한 웃음을 지으며 말했다.

"세상엔 별별 집들이 다 있으니까요. 수준에 맞춰 고르는 거죠."

1300만 원짜리 전셋집. 웬만한 월셋집 보증금에도 못 미치는 액수였다. 하지만 빈집이 아니었다.

"당장 이사를 와야 하는데, 여긴 사람이 살고 있어서."

엄마가 난처해하자, 이 집에 살고 있던 여자가 얼른 끼어들었다.

"괜찮아요. 언제라도 나갈 수 있어요."

"네?"

"내일, 아니 오늘 당장이라도 우린 나갈 수 있어요."

며칠 뒤, 우리는 이 집으로 이사를 왔다.

빌라 입구에서 계단을 따라 내려가 오른쪽으로 몸을 틀면 B02호가 나온다. 뒤돌아 계단을 세어 본다.

하나, 둘, 셋, 넷, 다섯, 여섯, 일곱.

일곱 계단. 길지도 짧지도 않다. 하지만 이 집은 유독 깊이 들어가는 느낌이 든다.

현관문을 여는 순간, 습하고 퀴퀴한 냄새가 코를 찔렀다. 집 안으로 들어서며, 아빠가 밝게 말했다.

"그래도 방이 두 개야. 욕실도 있고."

무심코 욕실 문을 열었던 나는, 예상치 못한 광경에 멍하니 서 있어야 했다.

계단이 있었다. 타일 조각을 덕지덕지 붙인 계단이.

욕실은 바닥을 돋워, 거실 바닥보다 세 계단이나 높은 곳에 있었다. 게다가 좁은 욕실 안쪽에는 또 계단이 있고, 그 계단 위에 변기가 있었다.

"이게 어떻게 욕실이야?"

씻을 수 있는 공간이 아니었다. 아빠가 욕실이라고 부른 그곳엔 세면대조차도 없었다. 시커먼 시멘트 바닥 가까이 삐죽 튀어나와 있는 수도와 모셔 놓기라도 한 듯 계단 위에 올라가 있는 변기가 다였다.

게다가 플라스틱 널빤지를 덧댄 천장은 찐득하고 시커먼 때가 끼어 있었고, 허리를 숙이지 않으면 머리가 닿을 만큼 낮았다.

벽을 마감한 타일은 군데군데 깨지고 구멍이 뚫려 시커먼 벽 속이 들여다보였다. 그 구멍 속에서 탁하고 음습한 냄새가 새어나왔다.

바닥은 높고, 천장은 낮고, 옆은 좁다. 공중에 뜬 굴 같은 욕실, 아니 화장실에 거부감이 확 일었다.

"지하라서 그래. 물이 잘 빠지지 않으니까, 높게 만들어 놓은 거야."

내내 말이 없던 엄마가 입을 열었다.

지하라서 그래.

산소가 희박한 곳에 들어와 있는 것처럼 숨이 턱 막혀 왔다.

집을 구하는 동안, 반지하도 많이 둘러보았고, 욕실은커녕 화장실이 바깥에 있는 집도 많이 보았다. 하지만 그때는 이렇게 숨이 막혀 오지 않았다. 실감하지 못하고 있었으니까. 하루아침에 망한 것도 아니었고, 이미 예전부터 상황이 점점 나빠지고 있다는 걸 알고 있었음에도, 사실은 전혀 모르고 있었던 거다. 가난해졌다는 걸.

하지만 계단을 내려와 퀴퀴한 지하방으로 들어서서 화장실 문을 연 순간, 가난이라는 단어는 당황스러울 정도로 갑작스럽고 생생하게 다가왔다.

나는 화장실에서 눈을 돌려 아빠를 쳐다봤다.

'당신은 아무것도 기대할 게 없는 인간이야.'

가게 문을 닫던 날, 엄마는 지칠 대로 지친 표정으로 아빠에게 이렇게 말했다. 우리는 할아버지가 하던 개인 편의점을 이어받아 운영하고 있었다. 번화가에 있는 가게만큼 장사가 잘되진 않았지만, 매달 일정한 수입이 들어왔고, 그냥저냥 걱정 없이 살 정도는 되었다. 하지만 체인 슈퍼와 편의점이 근처에 들어서면서 수입이 거의 끊기는 지경에까지 이르렀다. 그런데도 아빠는 뭔가 대책을 세우지도, 가게를 접지도 않았다. 그저 하루 이틀 결정을 미루며 시간만 보냈다. 생활비로 빚이 쌓여 가고, 매달 나가는 가겟세가 보증금을 다 까먹을 때까지 말이다.

하지만 나는 그때까지도 아빠를 원망하지는 않았다. 어쩔 수 없는 일이라 여기기도 했고, 무엇보다 아빠를 믿고 있었으니까.

내가 정작 아빠를 원망하게 된 건 그다음부터다.

"자격이 안 되네요."

동사무소 직원은 아빠가 내민 계약서는 보지도 않고, 컴퓨터를 몇 번 두들기더니 간단하게 말했다.

"예?"

얼빠진 표정의 아빠를 향해, 직원은 싱긋 웃으며 말했다.

"종종 이런 경우가 있더라고요. 잘 알아보셨어야죠."

"아니, 전에 될 것 같다고……."

"될 것 같은 건, 어디까지나 될 것 같다는 거지 꼭 된다는 건 아니죠."

"이, 이삿날이 얼마 안 남았는데……."

공부 못하는 학생처럼 우물거리는 아빠에게, 직원은 선생님처럼 엄격하게 말했다.

"그러니까 잘 알아보고 하셨어야죠. 여기서 이러지 마시고 빨리 은행으로 가 보세요. 거긴 대출이 될지도 모르니까요. 안 될 수도 있지만."

"잠깐만요."

옆에서 동생을 보고 있던 엄마가 끼어들었다.

"잘 알아보고 하려고, 전에 와서 두 번이나 상담을 받았잖아요."

"그래요?"

"그때, 계약서를 가지고 오라고 해서 계약을 하고 왔는데, 안 된다고 하면 이미 해 놓은 계약은 어쩌라는 거죠?"

엄마의 말에 직원은 딱딱한 표정을 풀고는 부드럽게 말했다.

"나라에서 하는 일이 다 그렇죠. 대출만 믿고 있다가, 계약금만 잃고 힘들게 되는 분들이 종종 있어서 저희도 정말 곤란하다니까요."

아빠는 침통한 표정으로 고개를 끄덕였다. 나라에서 하는 일이 다 그렇다는 말에 수긍한다는 듯이. 하지만 엄마는 숨을 한 번 몰아쉬더니 직원을 향해 말했다.

"방금 보니까, 조회할 때 계약서는 보지도 않으시던데, 대출 받을 수 있는지 없는지는 계약 전에도 알 수 있었던 거 아닌가요?"

직원의 얼굴에 당황하는 빛이 비쳤다.

"아, 예. 그렇죠. 보통 계약서가 없어도 조회만 하면 대충은 알 수 있죠. 계약하기 전에 자격 기준을 알아보지 그러셨어요."

"계약서가 있어야만 한다고 했잖아요."

"그건, 자격이 돼도 계약이 된 건만, 나라에서 확정을 내려 주니까……."

"지금 그게 문제가 아니잖아요. 지금 문제는 자격 자체가 안 된다는 거잖아요. 제가 자격이 되는지 알려 달라고 했을 때, 계약서가 있어야만 알 수 있다고 했잖아요! 그래서 계약부터 한 건데, 왜 자격 기준을 안 가르쳐 준 거죠? 미리 알았다면 이렇게 곤란한 상황은 없었을 거 아니에요!"

엄마가 벌떡 일어나 소리를 질렀다. 동사무소 안의 모든 사람이 우리를 쳐다봤다. 직원은 어느새 자리에서 일어나 쩔쩔매고 있었다.

"상담한 직원이 일을 잘 몰라 실수를 한 모양이네요. 제가 휴가 중이었거든요."

엄마가 직원을 뚫어지게 노려봤다. 두 번 모두 이 사람이었다. 첫 번째 상담을 했을 때도, 혹시라도 일이 틀어지면 어쩌나 불안해 다시 찾아왔을 때도. 언제나 의자에 비스듬히 앉아, 귀찮다는 듯 무조건 계약서를 가지고 와야 한다는 말만 되풀이하던 바로 그 사람이었다.

"휴가가 몇 달씩 되나 보죠? 두 달 전에도 왔고, 바로 한 달 전에도 와서 김, 정, 민 씨랑 상담을 했는데요."

엄마가 직원의 가슴팍에 달린 명찰을 보며 또박또박 말했다.

"그럴 리가요? 저는 절대 아니에요. 아주머니랑 상담한 기억이 전혀 없는걸요."

"저는 기억에 있는데요, 제가 남편이랑……."

엄마가 아빠를 돌아봤다. 하지만 아빠는 그 자리에 없었다. 아빠는 엄마가 직원과 실랑이를 벌이기 시작했을 때부터, 이미 밖에 나가 담배를 피우고 있었다. 엄마의 얼굴에 무력감이 짙게 내려앉았다. 아빠는 언제나 그랬다. 곤란한 상황이 닥치면, 아빠는 그 자리에 없었다.

"제가 상담한 건 아닙니다만, 정말 죄송하게 됐습니다. 하지만 어쩔 수 없는 일 아니겠습니까? 저희 직원이 실수한 게 사실이라 해도, 안 되는 대출이 되는 것도 아니고……. 어쨌든 뭐라 드릴 말씀이 없네요."

"으윽."

엄마는 신음 같은 소리를 내더니, 갑자기 옆에 있던 의자를 들어 던졌다. 온 힘을 다해서. 하지만 의자는 슬쩍 들렸다 쭈르륵 미끄러졌을 뿐이다. 상담 받는 사람을 위해 푹신푹신한 쿠션을 잔뜩 넣어 만들어 놓은 커다란 회전의자는 엄마가 집어 던지기엔 너무 무거웠다. 코미디 같은 상황이었지만 아무도 웃지 않았다. 피식 웃을 수도 없을 만큼 우스꽝스럽고 초라한 광경이었으니까. 아무도 입을 열지 않았다. 엄마가 숨을 헐떡이는 소리만이 공간을 채우고 있었다. 엄마는 건드리기만 해도 파삭 소리를 내며 부서져 내릴 것 같은 모습으로 덜덜 떨며 서 있었다. 그깟 의자를 들었다 놓는 일에 남아 있던 모든 힘을 다 써 버리기라도 한 것처럼. 비틀어진 의자를 보고 있던 엄마가 천천히 돌아섰다.

엄마가 아빠를 지나치며 말했다.

"이제부턴 당신이 알아서 해."

"알았어. 내가 다 알아서 할게."

아빠는 언제나처럼 쉽게 대답했다. 하지만 아빠는 아무것도 알아서 하지 않았다. 대출을 받기 위해 은행을 뛰어다니지도 않았고, 아는 사람에게 돈을 빌리러 다니지도 않았다. 그저 언제나처럼 하루 이틀 미루며, 그냥 있었다. 엄마 역시 더는 아빠를 대신해 뛰어다니지 않았다. 모든 걸 포기한 사람처럼 아빠를 지켜보고만 있었다. 어쩌면 엄마는 아빠를 시험하고 있었는지도 모르겠다.

아빠는 집을 비워 주기 일주일 전에야 움직였다. 아무것도 해놓지 않은 엄마를 원망하며 그제야 부동산에 찾아가 다른 집을 구하기 시작했다. 하지만 그나마도 거리에 나앉을 수 없다고 판단한 엄마가 아빠에게 맡겨 두는 걸 포기하고 일어났기 때문이었다.

그 후에도 일은 꼬여만 갔다. 부동산에서 소개해 주는 집들은 문제투성이었다. 넘어가기 직전의 집을 깨끗한 등기를 보여주며 속이는 중개업자도 있었으며, 집주인과 계약하지 않아도 된다고 우기는 중개업자도 있었고, 친절하게 웃으며 사채업자를 소개해 주는 경우도 있었다. 급해질수록, 궁지에 몰려 갈수록 우리를 속이고 이용하려 드는 사람들이 파리 떼처럼 꼬여 들었다. 엄마는 곪은 상처를 안고 도망 다니는 짐승처럼 날이 갈수록 히스테릭해졌다. 그런데도 아빠는 남의 일처럼 멍하니 보고만 있었다. 이래저래 시간만 흘러갔고, 결국 잴 겨를도 없이 구하게 된 집이 바로이 지하방이다.

우리를 둘러싼 환경이 변해 가고, 사람들이 변해 가고, 엄마가 지쳐 가고, 아빠는 한 발짝 떨어져 구경하고.

이게 바로 우리가 이 지하방에 도착하기까지의 시시한 과정이다. 이 모든 상황이 삼류 코미디만큼이나 어이없다.

나는 화장실 문을 소리 나게 닫으며 말했다.

"그지 같아."

아빠는 아무렇지 않은 척 밝게 말했다. 언제나처럼 쉽게.

"얼른 돈 벌어서 좋은 데로 가야지."

엄마는 대꾸하지 않았다. 다섯 살 난 동생이 찡찡거리며 엄마 품으로 파고들었다. 그러면서 연신 뒤를 돌아보았다. 아무것도 없는 텅 빈 벽을. 엄마는 동생을 안고서 그 벽을 한동안 바라보았다.

곰팡이가 나타나기 시작한 건, 이사 오고 꼭 일주일이 지났을 때였다.

벽 아래쪽, 바닥과 맞닿은 곳에서부터 벽지가 누렇게 젖어 들더니, 곰팡이가 검은 연기처럼 피어났다. 엄마는 얼른 걸레를 들고 시커먼 곰팡이를 닦아 냈다. 곰팡이는 부스스 가루를 날리며 닦여 나갔다. 하지만 다음 날이 되자, 곰팡이는 그 자리에 다시 피어 있었다.

엄마는 다시 걸레를 집어 들었다. 더러운 오물이나 벌레 떼를 발견한 것 같은 표정이었다. 하지만 닦아 낸 뒤에도 여전히 얼룩은 남아 있었다. 벽지 안에 곰팡이가 숨어 있기라도 한 것처럼.

정말 그 안에 숨어 있기라도 한 것인지, 곰팡이는 엄마가 등을 돌리는 순간 이미 벽지 밖으로 스멀스멀 기어 나왔고, 하루 종일 창문을 열어 놓아도 햇빛 한 줌 들지 않는 습한 방에서 점점 많이 점점 빠르게 불어났으며, 닦아 내고 닦아 내도 다시 피어났다. 곰팡이를 쫓는 엄마에게서 숨이 차 헉헉거리는 소리가 들려오는 것만 같았다.

"만지지 마! 이건 해로운 거라고! 그러니까 가까이 오지 말라고 했잖아!"

엄마가 동생을 떠밀었다. 동생이 엄마가 하는 걸레질을 따라 하고 싶어 걸레에 손을 댔던 것이다. 엄마의 서슬에 놀라서 한동안 입을 헤벌리고 있던 동생이 서럽게 울기 시작했다.

"울지 마! 지겨워! 지겨워 죽겠어. 울음소리만 들어도 미칠 것 같으니까 울지 말라고!"

"왜 화내고 그래? 엄마가 그러니까 얘가 우는 거잖아."

내 말에 엄마는 감정을 억누르려는 듯 크게 숨을 쉬더니, 금세 후회하는 표정을 지었다.

"미안……."

엄마는 동생을 아기 다루듯 끌어안고 몸을 비벼 댔다. 하지만 얼마 못 가 별것 아닌 일을 꼬투리 삼아 짜증을 냈다. 동생은 또 찡얼거리며 울기 시작했다. 끊임없는 반복이었다. 폭발하듯 화내고 울고 다시 달래고…….

"시끄러! 너도 그만 좀 해."

나는 울고 있는 동생에게 소리를 지르곤 벌렁 드러누웠다. 요즘은 아무것도 하고 싶지가 않다. 그저 멍하니 앉아 텔레비전만 본다. 그건 아빠도 마찬가지다. 하지만 텔레비전을 보는 시간도 편하지는 않다. 아슬아슬하다. 엄마가, 동생이, 어디서 어떻게 터질지 모른다.

코가 간지러웠다. 나는 손등으로 코를 비벼 댔다. 옆에 드러누운 아빠도 코를 킁킁거렸다. 창문을 열어 환기를 시켜도 공기 중에 떠도는 탁한 기운은 좀처럼 가시지 않았다. 엄마는 보이지 않는 탁한 기운과 신경전이라도 벌이는지 곤두선 얼굴로 집안일을 했다. 동생이 불안한 표정으로 그런 엄마를 쫓고 있었다.

"하아아악!"

동생이 파다닥, 방 안으로 뛰어 들어왔다. 파랗게 질린 동생이 이내 숨을 죽이고 울었다.

"또 왜? 울지 마! 너 또 엄마한테 혼나려고 그래?"

거실로 발을 내딛는데, 다다다다 뭔가가 지나갔다. 너무 놀라 비명도 나오지 않았다. 엄마와 눈이 마주쳤다. 아무런 표정이 없었다. 방으로 돌아와 문을 닫았다. 엄마는 여전히 거실에 남아 있었다.

"너 아까, 쥐 본 거였어?"

동생이 멍청한 표정으로 고개를 끄덕였다.

"그럼 말을 해야지! 너 때문에 깜짝 놀랐잖아!"

짜증이 치밀어 버럭 소리를 질렀다.

"너까지 왜 그래."

아빠가 나를 보며 한숨을 쉬었다.

너까지.

너까지 엄마처럼 왜 그래.

하루 종일 짜증에 치여 사는, 이렇게 될 줄 알았으면 낳지 않았을 거라는 말을 자장가처럼 듣고 사는 동생이 문득, 불쌍해졌다.

동생은 어느새 방구석으로 가 장난감을 만지작거리고 있었다. 하지만 장난감을 쥐고도 놀지 못하고 눈치만 보았다. 이유는 모르겠지만 동생은 습관처럼 눈치를 본다. 가슴이 답답해졌다.

동생은 원하는 걸 잘 표현할 줄 모른다. 그게 자기도 답답해서 늘 찡찡거린다. 나이가 어려 말을 분명하게 하지 못하는 것도 있지만, 또래에 비해 말이 느리다. 예전엔 곧잘 하던 말들조차도 요즘엔 하지 못한다. 알던 것도 자꾸 잊어버리는 걸까? 사랑받던 기억조차도.

나는 터울이 많은 동생을 무척 귀여워했다. 모두가 그랬다. 모두가 동생에게 사랑을 보여 주지 못해 안달을 했다. 하지만 이젠 그렇지 않다. 우리는 변했다. 의식하지 못하는 사이에 이 지하방으로 내몰려 떨어진 것처럼, 서서히 변했다.

끼익―.

현관문 열리는 소리가 들렸다. 엄마가 밖에 나간 것이다. 동생이 닫힌 방문 앞에 서서 끙끙거렸다. 엄마를 쫓아가고 싶은데, 쥐 때문에 방문을 열기가 무서운 거다. 나를 올려다보며 우는 것인지 않는 것인지 모를 소리를 냈다. 나는 그런 동생을 멍하니 보고만 있었다. 엄마는 잠깐 나간 것뿐이라고, 금방 돌아올 거라고,

다정하게 말해 주지 않았다. 꼭 껴안아 안심시켜 주지 않았다. 밀려드는 피로감 때문에 별것 아닌 그 일을 할 수 없었다.

엄마는 쥐덫을 사 들고 돌아왔다.

쥐덫은 도화지만 한 크기의 두꺼운 종이로, 한쪽 면 위에 *끈끈*한 접착액이 칠해져 있었다.

'겨우 이런 걸로 잡을 수 있을까?'

엄마는 쥐덫 한가운데 멸치 한 마리를 붙였다.

싱크대는 아래쪽이 막혀 있다. 하지만 대충 짜 넣은 싱크대는 벽에 딱 붙어 있지 않아, 싱크대와 왼쪽 벽 사이에 팔 하나가 들어갈 정도의 틈이 벌어져 있었다. 쥐는 그 틈으로 들어간 거다.

쥐가 숨어든 통로로 쥐덫이 들어간다. 쥐가 떨고 있을 싱크대 아래로.

쥐덫도 쥐도 보이지 않는다.

쥐덫을 넣었을 뿐인데, 다 끝난 것 같은 기분이 들었다. 아니, 예감이다. 쥐는 틀림없이 잡힐 테니까.

어두컴컴한 싱크대 아래에서 종이로 된 쥐덫을 쥐는 볼 수 없다. 다만, 눅눅한 멸치의 냄새만을 느끼겠지. 갑작스럽게 풍겨 오는 냄새에서 위험을 감지했다 해도, 먹이 냄새로 가득 찬 공간에서 굶주린 쥐는 얼마나 오래 참아 낼 수 있을까? 먹이를 쫓아 쥐덫 가운데로 들어가면서도, 쥐는 자신의 다리를 휘감는 끈끈한 접착액을 그냥 끈적끈적한 바닥이라고 여기고 죽을힘을 다해 쥐덫 한가운데로 들어가겠지.

엄마가 쥐덫을 넣고 나자, 아빠는 기다렸다는 듯 일어나 화장실에 갔다. 그리고 잠시 뒤, 화장실 안에서 소리쳤다.

"물이 안 내려가는데. 막혔나 봐. 어쩌지?"

엄마는 아무 대꾸도 하지 않았다. 한동안 화장실 안에서 끙끙거리던 아빠가 머리를 긁적이며 나왔다.

"으악!"

화장실 문을 열고 나오던 아빠가 계단에서 미끄러져 거실 바닥에 머리를 찧었다. 아빠는 많이 아픈지 일어나지도 못하고 있었다. 엄마는 그런 아빠를 냉랭한 눈으로 내려다보고 있다가 그냥 방으로 들어가 버렸다.

동생이 얼른 엄마를 따라 방으로 쫓아 들어갔다. 아빠는 여전히 우스꽝스러운 모습으로 거실 바닥에 엎드려 있었다. 하지만 나는 그런 아빠에게 다가갈 수가 없었다.

나는 보았다. 아빠가 계단에서 내려올 때, 검은 연기 같은 것이 아빠의 발목을 휩싸는 걸. 불빛 때문에 그림자가 진 걸, 잘못 본 걸까?

아빠가 원망과 수치스러움이 섞인 얼굴로 나를 올려다보는 순간, 파닥거리는 소리가 들려왔다.

끈끈이에 붙은 쥐.

등줄기에 소름이 일었다.

102

다시 정적.

아빠가 조심스럽게 일어났다. 우리는 숨을 죽이고 방으로 들어갔다. 마치, 쥐에게 들키면 안 되는 것처럼.

"아빠, 쥐가 잡혔나 봐."

아빠가 텔레비전 볼륨을 높였다. 나도 입을 다물고 텔레비전을 보았다. 하지만 온 신경이 거실, 싱크대 밑으로 쏠렸다. 기다란 촉수 같은 신경이, 머리를 뚫고 나가 그곳으로 기어들고 있기라도 한 것처럼 팽팽하게 당겨 왔다.

끽―.

약하지만 날카로운 비명 소리.

끽― 끼기기긱―.

한 마리가 아니다. 두 마리. 어미와 새끼일까?

아빠가 텔레비전 볼륨을 더 높였다.

더 이상 아무 소리도 들리지 않았다. 스르륵, 당겨져 있던 내 신경도 느슨하게 똬리를 틀었다.

밤새, 싱크대 아래에서 숨죽인 울음소리가 간간이 들려왔다.

죽어 가고 있는 걸까?

단지 끈끈한 접착액에 몸이 붙었을 뿐인데. 왜?

빠져나가려고 안간힘을 쓰다 힘이 빠져 죽는 걸까? 어떻게 죽을 정도로 힘을 쓸 수가 있지? 아니면, 두려움에 눌려 죽는 걸까? 빠져나올 수 없다는 절망이 주는 공포 때문에.

턱!

펄떡 뛰어오르기라도 한 듯, 둔탁한 소리가 들렸다.

'설마, 도망친 건 아니겠지?'

온몸에 끈적끈적한 액을 뒤집어쓴, 털이 뜯겨 나간 쥐새끼가
집 안을 기어 다니며, 끈적끈적한 액을 곳곳에 묻히고 다니는 장
면이 떠올랐다.

나는 진저리를 치며 눈을 질끈 감았다.

'제발 죽어라.'

다음 날 아침 엄마가 말했다.

"처리해."

"이따가."

아빠는 텔레비전에서 눈을 떼지 않고 말했다.

"이따가! 이따가! 그렇게 미루다가 결국 여기까지 온 거 아냐?
당신은 평생 그런 말이나 지껄이다가 아무것도 못 할 인간이야!
지겨워! 지겨워 죽겠어!"

"아우! 나도 지겹다!"

아빠도 벌컥 화를 내곤 밖으로 나가 버렸다. 엄마는 숨을 몰아
쉬며 싱크대를 노려보았다. 그때까지 아무것도 모르는 척, 장난
감을 만지고 있던 동생이 쪼르르 엄마에게 달려갔다. 나는 얼른
동생을 잡아끌었다.

"엄마한테 가면 안 돼!"

엄마는 화낼 핑계를 찾아 눈을 번들거리고 있었다. 이럴 땐 정말 제정신이 아닌 것만 같다. 엄마가 그런 상태일수록 더욱 엄마에게 집착하는 동생이 이해가 가지 않는다. 엄마가 흥분해있을 때 다가가면, 그 화를 고스란히 자기가 뒤집어써야 한다는 걸 정말 모르는 걸까?

동생이 엄마에게 하듯 내 품으로 파고들었다. 요즘 동생은 갓난아기가 되어 버린 것 같다. 나는 그런 동생을 꼭 끌어안았다.

아빠가 돌아왔다. 기다란 집게를 사 들고. 눈썹이 축 처져 울상이 된 표정으로. 그런 아빠의 얼굴은 우스꽝스럽고 불쌍해 보였다. 아빠는 엉덩이를 뒤로 잔뜩 빼고는, 싱크대 옆 좁은 틈으로 집게를 든 팔을 넣었다. 그리고 몸을 최대한 낮춰 싱크대 밑으로 팔을 한껏 밀어 넣었다. 아빠의 왼팔은 우리의 눈이 닿지 않는, 어둡고 축축하고 막힌 공간 속에 갇힌 꼴이 되었다.

싱크대에 몸을 바싹 붙이고 보이지 않는 공간을 더듬는 아빠의 얼굴에 긴장한 빛이 역력했다. 싱크대 밑으로 들어간 팔이 그대로 빨려 들어가 버리거나, 뭔가에 뜯어 먹히는 일이 일어나기라도 할 것 같은 표정이었다. 싱크대 밑에 있는 것은 고작해야 죽은 쥐일 뿐인데.

그제야 알 수 있었다. 아빠는 귀찮은 게 아니라 무서웠던 거다. 아빠도 쥐가 무서웠던 거다. 쥐의 시체가 무서웠던 거다. 아빠가 쥐를 무서워할 거란 생각은 해 본 적이 없었다. 너무도 당연하게. 곱게 자라 순해 빠진 아빠가 그런 걸 해 본 적이 있을 리 없는데 말이다. 쥐를 잡는 일도, 집을 구하는 일도, 파리 떼처럼 꼬여 드는 사람들을 겪는 일도. 아빠는 모든 게 무서웠던 거다. 무서워서 아무것도 못한 거다. 겁내는 꼴을 우리에게 들킬까 봐.

집게로 쥐덫을 잡아 빼는 아빠의 얼굴이 점점 하얗게 질려 갔다. 어느새 얼굴에는 식은땀이 가득했다.

툭!

아빠가 흠칫했다. 분명 뭔가 떨어진 소리다.

아빠가 끄집어낸 끈끈이에는 쥐 한 마리가 붙어 있었다. 제법 큰 쥐다. 내가 본 건 아주 작은 쥐였다.

아빠는 다시 집게를 들고 싱크대 바닥을 휘저었다. 아빠의 얼굴은 아까보다 더 창백해졌다.

"어, 없어. 없어."

아빠는 다짐하듯 말했다.

"한 마리만 잡혔나 보지. 다른 놈은……."

아빠는 말끝을 흐리며 재빨리 방으로 들어갔다. 엄마가 끈끈이를 접어, 조용히 쓰레기봉투에 넣었다.

그 일은 그렇게 끝이 났다.

'어쩌면 아빠가 휘저은 집게 때문에 더 깊숙이 들어가 버린 건지도 몰라.'

106

싱크대를 볼 때마다, 조그만 새끼 쥐가 떠올랐다. 썩어 가는.

"윽."

아빠가 목을 어루만지며 밥을 힘겹게 삼켰다.

우리는 싱크대 앞에 앉아 아무렇지 않게 밥을 먹었다. 하지만 뭔가 꽉 막힌 기분이 들었다. 온몸이 꽉 막혀 버린 기분이.

뚝.

변기 위에 앉아 있는 내 머리 위로, 조준이라도 한 듯 정확하게 물이 떨어졌다. 온몸에 자잘한 소름이 돋아났다. 천장을 올려다봤다. 널빤지 이음새 부분에 물방울이 고여 있었다.

천장이라곤 하지만 욕실은 거실 바닥보다 세 계단이나 높고, 그 욕실에서도 변기는 또 두 계단 더 높다. 변기 위에 앉은 내 머리와 천장의 거리는 20센티미터나 될까? 플라스틱으로 된 천장에 핀 곰팡이가 또렷이 보인다. 곰팡이라기보다는 자잘한 점이 박힌 것 같다. 천장 자체에 흡수된 듯 깊이 박힌 점들.

'저 물방울에도 곰팡이가 섞여 있겠지?'

정수리가 간지럽다.

뚝.

고인 물방울이 쳐든 이마 위로 떨어졌다. 물방울이 떨어져 내린 그 자리에 또다시 물방울이 고였다.

왜 여기로만 떨어지는 거지?

천장 곳곳을 자세히 살펴도, 물이 고이고 떨어져 내리는 곳은 그곳뿐이었다. 바로 변기 위, 아니 변기 위에 앉아 있는 누군가의 정수리 위다. 제단 같은 변기, 그 위에 놓인 먹잇감을 향해 뚝, 뚝 침처럼 떨어지는 물방울. 내 정수리를 노리고 있는 물방울이 시커멓다.

뚝.

방어하듯 손을 들어 물방울을 막아 냈다.

'저 천장 안에 뭐가 있는 걸까?'

그러고 보면 욕실의 천장은 거실 천장보다 한 뼘이나 낮다. 시멘트로 된 천장 벽과 플라스틱 널빤지 사이의 빈 공간, 그 속에는…….

나는 얼른 변기에서 일어나 물을 내렸다. 물이 찍익찍익 짜는 소리를 내며 힘겹게 내려갔다. 똥이 둥둥 떠 빙글빙글 돌았다.

푸르르르.

변기 아래쪽에 뚫어 놓은 공기구멍으로 물거품이 나왔다. 변기에 든 물도 조금 흘러나왔다. 자잘한 똥 찌꺼기들과 함께. 이 집의 변기는 걸핏하면 막힌다. 약을 들이붓고 펌프질을 해도 그때뿐이다. 정화조 기사의 말을 듣고 공기구멍까지 뚫었지만, 조금도 나아지지 않았다. 오히려 그 공기구멍 때문에 이 변기는 더 끔찍해졌다.

막힌 변기를 뒤로 하고 나가려는데, 습하고 탁한 냄새가 코를 찔렀다. 곰팡이 냄새다.

아까부터 피부에 느껴지던 압력이 강해졌다. 유독 짙은 곰팡이 냄새를 실은 공기가 천장에서부터 내려와 나를 서서히 짓누르는 것만 같은, 공기가 나를 공격하고 있는 것만 같은 착각이 일었다.

달아나듯 욕실 문을 열었다. 그런데 계단을 딛는 순간 발이 쭉 미끄러지고 말았다.

"악!"

그대로 거실 바닥에 곤두박질쳤다. 어디 부러진 게 아닌가 싶을 정도로 심한 통증이 머리와 가슴으로 전해졌다. 몸을 일으키려 했지만 일어날 수가 없었다. 심장이 덫에 걸린 짐승처럼 펄떡거렸다. 통증 때문이 아니었다. 나를 지켜보고 있는, 짓누르고 있는 알 수 없는 힘 때문이었다.

분명히 느꼈다. 계단을 내딛는 순간, 내 발목을 휘어 감던 힘. 어떤 위험이 반복되면 감각은 예민해져 간다. 보통 사람은 느낄 수 없는 것들을 긴장으로 팽팽한 신경은 잡아내는 것이다. 뭔가가 우리를 가지고 놀고 있다. 먹잇감을 가지고 장난치듯이.

겨우 고개를 틀어, 뒤를 돌아봤다. 공중에 굴처럼 뚫린 화장실이 시커먼 입을 쩍 벌리고 있었다. 그건 정말 먹이를 씹어 삼키는 동물의 입처럼 보였다. 동시에 찌꺼기를 뱉어 내는 항문처럼도 보였다.

이 집이, 이 지하방이 우리를 가지고 놀고 있는 걸까? 먹잇감

을 삼켰다 뱉었다 하며 가지고 놀고 있는 걸까? 입과 항문의 구분
이 없는 단세포생물 같은, 이 괴물 같은 집이.

"캑!"

기침이 나왔다. 공기 중에 떠도는 미세한 곰팡이가 엎어져 있
는 내 콧속으로 들어왔다. 이 집 어디에도 피할 곳은 없다. 동생
이 비칠비칠 걸어와 내 곁에 앉았다. 그리고 불안한 눈으로 자꾸
만 뒤를 돌아봤다. 내 시선이 천천히, 동생이 보는 곳을 향했다.

헉!

심장이 빳빳하게 굳으며 뻐근한 통증이 일었다.

눈앞에 거대한 벽화가 있었다. 좁고 어두운 거실 끝, 벽 한 면
을 곰팡이가 그림처럼 가득 채우고 있었다.

그 해독할 수 없는 문양들은 벽 한 면이 비좁다는 듯 꿈틀거리
다, 사방으로 번져 나가기 시작했다. 그와 동시에 빗소리가 들려
왔다. 화장실에서.

뒤를 돌아보니 천장 한 곳에만 맺혀 뚝뚝 떨어지던 물방울이,
플라스틱 천장 이음새마다 맺혀 뚜두두둑 비처럼 떨어져 내리고
있었다. 시커먼 곰팡이비는 점점 더 많아지고, 빨라졌다. 그러다
화장실 밖으로 넘쳐흘렀다. 입안 가득 고인 침을 참지 못하고 줄
줄 흘리듯이.

시커먼 물에 몸이 척척하게 젖어 드는데도, 몸을 일으킬 수가
없었다. 끈적끈적한 접착액에 들러붙어 있는 쥐처럼 꼼짝을 할

수가 없었다. 절망적인 심정으로 주위를 둘러보았다. 하지만 보이는 건 곰팡이뿐이었다. 그새 집의 모든 벽과, 바닥, 천장이 곰팡이로 가득 차 있었다.

겨우 한쪽 팔을 뻗어 동생을 끌어안는 순간, 입 밖으로 신음이 새어나왔다. 동생은 이미 죽은 것처럼 꼼짝을 않고 누워 있었다. 나는 동생의 얼굴을 붙잡고 벌벌 떨었다. 그것 말고는 아무것도 할 수 있는 일이 없었다.

아무것도 하지 못하는 나와는 달리, 곰팡이는 공간을 가득 채우고도 멈추지 않았다. 계속해서 새로운 문양을 만들어 내며 그림을 더해 갔다.

우리를 둘러싼 곰팡이가 무성해지고 화려해져 갈수록, 화장실에서 빗방울 튀는 소리가 세차질수록, 흘러나온 물에 몸이 잠겨들수록, 우리는 시커멓게 쪼그라들어 갔다. 체액을 빨린 먹이처럼. 이 집 자체가 곰팡이였다. 괴물로 진화한 곰팡이였다.

그 상상을 양분 삼아, 평면에 갇혀 있던 곰팡이가 공간 속으로 뻗어 나왔다. 바닥에서, 벽에서, 천장에서 풀풀 가루를 날리며 구름처럼 피어오르더니 일제히 덮쳐 왔다. 우리를 향해.

아악!

곰팡이에 파묻혀 소리가 나오지 않았다.

아아아악!

몸 안에 갇힌 비명이 온몸을 뒤흔들었다. 공간을 뒤흔들었다.

이 집을 뒤흔들었다.

"……아……악……."

눈을 뜨니 다시 드문드문 곰팡이가 핀 벽이 보였다. 동생이 겁먹은 얼굴로 내 몸을 흔들었다. 온몸이 땀으로 척척했다. 잠깐 정신을 잃었던 것이다. 사방에서 우리를 짓누르던 곰팡이는 환영일 뿐이었다. 하지만 조금도 다행이라는 생각이 들지 않았다. 그 환영이 곧 닥쳐올 미래처럼 느껴졌으니까.

나는 엎드린 채, 무기력하게 고개를 들어 벽을 쳐다보았다.

아무런 변화 없이 멈춰 있는 것 같지만, 알 수 있다. 천천히 퍼져 나가고 있다는 걸. 벽에 얼룩덜룩 핀 곰팡이가 우리에게 다가올 듯이 커지고 있다는 걸. 뭔가가 서서히, 진행되고 있었다.

하나, 둘, 셋, 넷, 다섯, 여섯, 일곱.

집에 들어올 때면 계단을 세는 습관이 생겼다. 계단을 세지 않으면 끝도 없이 내려가는 섬뜩한 기분이 든다.

요즘 엄마는 집 안에만 틀어박혀 있다. 마치 술을 증오하면서도 끊임없이 목구멍에 술을 들이붓는 알코올 중독자처럼, 엄마는 이 집을 끔찍해하고 못 견디면서도 집 밖으로 나가지 않는다. 신경질적으로 눈을 굴리며 곰팡이를 찾아 닦는 일도 더 이상은 하지 않는다.

이제 잠을 자는 큰방을 제외한 모든 공간이 곰팡이로 얼룩져 있다. 싱크대에는 설거지가 수북이 쌓여 있고, 세탁기 안에 든 옷에서는 푹푹 썩는 냄새가 난다.

멍하니 앉아 있는 엄마 옆에서 동생이 몸을 긁고 있다. 얼마나 긁어 댔는지 온몸이 벌겋게 부어올라 있다.

"엄마! 긁으면 아토피 더 심해지는 거 몰라? 저렇게 놔두면 어떡해."

엄마는 동생을 힐끗 쳐다보더니 하지 말라고 말했다. 하지만 동생은 간지러운 걸 못 참겠는지 계속해서 긁어 댔다.

탁.

엄마가 동생의 손을 쳤다. 동생은 엄마를 살피며 눈치를 보다가 다시 긁어 댔다.

"하지 말라고 했지!"

엄마가 갑자기 신경질적으로 소리를 지르더니 동생을 마구 후려치기 시작했다.

"하지 말라고 했잖아! 하지 말라고! 쥐새끼처럼 번들번들한 눈으로 눈치 보지 말란 말이야!"

엄마가 숨을 헉헉 몰아쉬었다.

"끊임없이 괴롭혀. 끊임없이."

순간, 엄마가 커다란 쥐로 보였다. 썩어 가고 있는.

엄마는 잠을 못 잔 사람처럼 눈 밑이 새까맸다. 뿐만 아니라 눈 언저리에 기미까지 껴 있었다.

겁먹은 동생이 내 품으로 파고들었다. 동생은 그 와중에도 몸을 긁고 있었다. 겁에 질려 벌벌 떨면서도.

나는 동생의 벌겋게 부은 몸에 로션을 발라 주었다. 군데군데 엄마의 손자국이 남아 있었다.

"이게 뭐지?"

동생의 배에 동그란 물집이 있었다. 동생은 간지러운지 물집에 손을 댔다. 껍질이 훌렁 벗겨졌다. 빨갛고 동그란 상처는 몹시 따가워 보였다.

"엄마, 이상한 게 있어. 이게 뭐야? 병원에 가 봐야 하는 거 아냐?"

"몰라."

짜증을 넘어선 분노가 치솟았다.

"엄마는…… 이 집에 오고 나서부터 얘가 말을 못 한다는 건 알고 있어? 주눅이 들어서 하던 말까지 못 한다는 거 알고 있냐고!"

"모른다고 했잖아!"

모른다고? 도대체 아는 건 뭐지? 우리한테 해 주는 건 뭐지? 정작 자기는 아무것도 하지 않으면서 우리한테 온갖 신경질만 부려 대고 있잖아. 세상에서 제일 피곤하고, 제일 불행한 얼굴을 하고 앉아서는.

"엄마는, 왜 일 안 해?"

"무슨 일? 내가 뭘 할 수 있는데? 다단계라도 들어가? 빌어먹을 친척이 아직 남은 줄 알아? 아니면, 식당에 나가서 설거지라도 하라는 거야? 네 외할머니처럼 평생 남이 먹다 흘린 음식 찌꺼기나 닦으면서 살란 말이야?"

"부모잖아."

"킥."

엄마가 쥐새끼처럼 웃었다.

"그래서? 내가 일하면 뭐가 달라지는데? 너 여기서 벗어날 수 있을 것 같아? 어딜 가든 똑같아. 벗어난 것 같아도 결국은 돌아오게 되어 있는 거야. 한번 몸에 뿌리를 내린 곰팡이는 절대 없어지지 않거든. 벌써부터 네 몸에서도 냄새가 풀풀 나. 너도 그 냄새에서 못 벗어나."

온몸에서 소름이 일었다. 엄마는 정상이 아니었다.

"무슨 이상한 소릴 하는 거야? 엄마 정말 왜 이래! 냄새는 무슨 냄새가 난다는 거야!"

"곰팡이 냄새! 모르면 입 닥치고 있어! 사람 괴롭히지 말고."

누가 누굴 괴롭힌다는 거야! 끊임없이 괴롭히는 게 누군데!

나는 엄마가 동생을 때렸던 것처럼 엄마를 때리고 싶은 감정을 억누르며 엄마를 노려보았다. 아빠가 현관문을 열고 집으로 들어서지 않았다면 참지 못했을지도 모른다.

교문 옆에 아빠의 트럭이 서 있다. 촌스러운 파란색, 낡은 1톤 트럭.

아빠는 몇몇 공장을 전전하다, 지금은 건축 자재와 철물을 포함한 갖가지 물품을 취급하는 '대영건철'이라는 가게에서 배달일을 하고 있다.

'아빠도 참. 학교에서 좀 떨어진 데다 세워 놓지.'

트럭에 올라타는 나를 아이들이 지나가며 힐끔거렸다. 괜히 얼굴이 홧홧하게 달아올랐다.

조수석 의자에 동생이 잠들어 있었다. 동생은 너무나 얌전히 자고 있었다. 배가 오르내리지도 않았고, 몸을 뒤척이지도 않았다. 싱크대 밑에 잠자듯 죽어 있는 새끼 쥐처럼. 무서운 걸 봤을 때처럼 등줄기가 찌르르 울렸다. 검은 물에 잠겨들던 동생의 차가운 몸이 떠올랐다. 동생이 죽은 게 아니란 걸 잘 알면서도 확인하지 않고는 참을 수 없을 것 같은 기분이 들었다. 나는 일부러 동생을 거칠게 안아 올렸다.

얼굴을 찡그린다. 몸을 뒤척인다. 코로 내뿜는 숨이 느껴진다.

살아 있다.

몸이 녹는 것 같은 감각이 찾아왔다. 의자 깊숙이 몸을 기댔다. 트럭이 출발했다. 온몸이 덜덜 떨리는 형편없는 승차감이지만 그런대로 견딜 만했다.

"일 안 해도 돼?"

"배달하는 길에 갔다 오는 건데, 뭐."

"그래도."

"괜찮아. 안 바쁜 날이야. 너희랑 드라이브도 하고 좋지, 뭐."

"이게 무슨 드라이브야. 엄마가……."

"야! 아빠 차 좋지 않냐? 앞 좌석밖에 없지만, 이래 봬도 삼 인승이라고."

아빠가 운전석과 조수석 사이에 있는 간이 의자를 툭툭 치며 자랑했다.

"여기 앉아 볼래?"

"싫어. 위험해."

나는 동생을 안은 채, 안전벨트를 맸다.

"이 트럭이 작아도 철근도 나른다. 철근 알지?"

"철근? 그런 걸 왜 날러?"

"왜 나르긴. 배달해야 하니까 나르지. 배달 안 가는 데가 없어. 아빠는 이제 인천 바닥에선 택시 운전을 해도 먹고살 수 있다. 저번에는 호텔에 랍스터도 날랐어. 우리 집으로 배달할 뻔했다니까. 흐흐."

병원으로 가는 동안, 아빠는 어색한 분위기를 깨려 주절주절 얘기를 늘어놓았다. 하지만 내 기분은 점점 가라앉아만 갔다.

아빠 몸에서 지독한 땀 냄새가 풍겨 온다. 예전에는 늘 로션 향이 났다. 안정된 생활 속에 있었을 때는. 험한 일이라곤 해 본 적

없는 깨끗한 얼굴이 벌겋게 타고 굵게 주름이 졌다. 어린애처럼 말이 많고 웃음도 많았는데 요즘은 늘 기운 빠진 모습이다. 하긴, 집에서는 웃을 수가 없다. 우리가 조금이라도 즐거울라치면, 엄마가 자기는 이렇게 고통스러운데 어떻게 웃을 수 있냐고 하며 시비를 걸어온다. 도대체 누가 누구 때문에 고통스럽다는 건지. 모든 핑계를 우리한테 돌리고 엄마가 한 일은 뭐지? 엄마는 집에 틀어박힌 채, 동생을 병원에도 데려가지 않고 방치했다.

"정말 병원에 데려가야 할 사람은 엄마 아냐? 정신병원."

아빠 눈썹이 축 처졌다. 아빠는 느릿느릿 입을 열었다.

"라면 먹고 싶지 않냐?"

웃음도 나오지 않는다. 아빠는 늘 도망만 친다.

어떻게든 되겠지.

나도 갑자기 라면이 먹고 싶어진다. 어디선가 진한 라면 국물 냄새가 풍겨 오는 것도 같다. 그리고 외갓집이 떠오른다. 외할머니는 내가 세 살 때 암으로 죽었다. 그래서 실제로 외갓집에 간 기억은 남아 있지 않다. 대신 아빠가 해 준 이야기 속의 외갓집이 마치 본 것처럼 생생하게 남아 있다.

엄마와 아빠는 초등학교 동창이다.

어느 날, 아빠가 친구 집에서 놀고 있었다고 한다. 누군가의 입에서 엄마가 그 동네에 살고 있다는 말이 나왔고, 심심하던 차에 아이들은 쳐들어가듯 엄마가 사는 집을 찾아갔다.

구불구불 이어진 좁은 계단을 숨이 차도록 오른 뒤에야 도착한 집은 꼭 창고 같았다. 폭삭 쓰러질 것 같은 창고. 깨진 슬레이트 지붕에 냄새나는 재래식 화장실, 집 안 가득한 악취, 여기저기 뜯겨 나간 벽지, 누런 베개와 이불, 곰팡이 낀 축축한 부엌 바닥. 말라붙은 음식물 찌꺼기. 구역질이 나올 정도였다.

아빠와 친구들은 그 집에서 밤늦도록 놀았다. 일을 마치고 온 외할머니가 라면을 끓여 주었는데, 하나만 끓였다. 사람은 여럿인데 왜 하나만 끓였을까? 궁금해서 물어봐도 엄마는 아무 대답도 하지 않았다. 외할머니는 하나만 끓인 라면이 퉁퉁 불을 때까지 기다렸다가 아이들에게 나눠 주었다. 그렇게 해야 양이 많아지니까. 하지만 아무리 불렸어도 모자랄 수밖에 없었다. 아빠는 라면을 먹고도 너무 배가 고파 집에 돌아와서 저녁을 또 먹었다.

어쨌든 아빠는 불을 대로 불은 라면이 그렇게 맛있는 줄 처음 알았다고 한다. 그 이후로 아빠는 라면을 불려 먹었다. 하지만 엄마는 절대 그러지 않는다. 그건 가난에 절어 있던 사람과 그게 특별한 경험이었던 사람의 차이다.

아빠는 한참 시간이 지나 어른이 된 뒤, 그러니까 고등학교를 졸업하자마자 사고 치듯 결혼을 하고 나를 낳아 키우면서, 뜬금없이 외할머니에게 미안한 마음이 들었다고 했다. 그때 외할머니는 저녁을 먹지 못했을 거라는 걸 그제야 알게 된 것이다. 퉁퉁 불린 라면 하나가 그 집의 저녁이었다는 것도.

아빠는 라면을 먹을 때마다, 빼놓지 않고 이 얘길 하곤 했다. 우리도 이 이야기를 라면과 곁들여 먹는 김치처럼 여기며 가볍게 들었다.

"그러니까 결론은 남의 집에 놀러 갔을 때는 눈치 없이 있지 말고, 꼭 저녁밥 먹기 전에 나와야 한다 이거지. 명심해라. 우리 집 가훈이다."

이야기는 늘 엉뚱한 농담으로 끝을 맺었고, 그게 뭐야? 내가 핀잔을 주고, 동생은 아무 생각 없이 범벅을 해 가며 라면 가닥을 빨아 먹었다. 그리고 엄마는 웃었다. 즐겁게 웃었다.

하지만 이제 아빠는 이 이야기를 하지 않는다. 이제는 그런 이야기를 웃으면서 할 수 없으니까. 아무도 웃지 않으니까.

병원 계단을 오르던 아빠가 갑자기 얼굴을 일그러뜨리며 멈춰 서더니, 목을 그러쥐고 끙끙거렸다.

"아빠, 괜찮아?"

"으……응."

잠시 뒤, 우리는 아무 일 없었다는 듯 다시 계단을 올랐다.

아빠는 요즘 라면을 먹지 못한다. 음식물을 삼킬 때마다 힘겨워한다. 식도에 곰팡이가 피었기 때문이다.

"농가진이네."

의사는 동생을 슬쩍 보더니 툭 내뱉었다. 그러고는 덧붙였다.

"더러우면 생기는 건데. 전염되니까 주의해요."

그 말투에는 무시하는 투가 역력했다. 그는 한눈에 우리가 가난하다는 걸 눈치챘다. 나는 아빠와 동생을 훑어봤다. 궁색하다. 남들과 같은 옷을 입고 있어도 어딘가 다르다. 우리 반에도 그런 애들이 있다. 한눈에 저 앤 가난한 집 애구나, 알 수 있는. 어쩌면 나도 이젠……

어떻게 그렇게 바로 들켜 버리는 걸까?

정말 무슨 냄새라도 나는 걸까?

소매에 코를 대고 냄새를 맡아 보았다. 희미하게 곰팡이 냄새가 나는 것 같다.

"저, 전염되는 거라면 바, 바이러스……"

아빠가 진료실 문에 서서 황급히 물었다. 의사가 눈썹을 잔뜩 치켜올리며 거만한 표정으로 대답했다.

"일종의 곰팡이죠, 뭐."

또 곰팡이.

집 안 가득 핀 곰팡이가 떠올랐다. 그 곰팡이들이 우리 몸을 좀먹고 있는 걸까? 두려움에 앞서, 곰팡이 냄새만큼 짙은 피로감이 몰려왔다. 곰팡이가 짐승처럼 내 몸을 뜯어 먹는 게 눈에 보인다 해도, 도망칠 수 없을 만큼 무거운 피로감이.

밖에 나오니 비가 퍼붓고 있었다. 세워 둔 트럭까지 가는 동안 옷이 홀딱 젖었다. 덜덜 떨며 집으로 향하는데 뒤늦게 화가 치밀었다. 똑같은 비용을 지불하고 진료를 받는데 왜 그런 무시를 당해야 하는지, 왜 쫓겨나듯 진료실을 나와야 하는지 따지고 싶었다. 아무렇지 않게 곰팡이를 발음하는 의사의 입을 후려치고 싶었다.

'왜 이렇게 길지……'

내려오던 계단을 돌아보았다. 계단 세는 걸 잊었다. 겨우 네 계단을 내려왔는데 한참을 걸어 내려온 것만 같다.

아빠가 현관문을 열었다.

"읍!"

숨이 막히도록 독한 냄새가 덮쳐 왔다. 엄마가 분무기에 락스를 담아 벽에 뿌려 대고 있었다. 독한 기운에 눈을 뜰 수가 없을 지경이었다. 아빠가 얼른 집 안으로 뛰어 들어가, 창문을 열어젖혔다.

"이게 무슨 짓이야?"

엄마는 가만히 주위를 둘러보았다. 너희들도 보란 듯이.

사방이 곰팡이였다. 언젠가 보았던 환각처럼 집 안 가득 곰팡이가 피어 있었다.

쏴아아아—.

창밖으로 고개를 돌렸다.

비.

벽에 물길이 나 있다. 낡은 시멘트 벽 사이로 물이 스민 것이다. 습기를 머금은 곰팡이가 미친 듯이 퍼지고 있었다.

엄마는 다시 분무기를 들고 벽에 락스를 분사했다. 시커먼 곰팡이가 하얗게 탈색되어 녹아내렸다. 벽면이 허옇게 변해 갔다. 기분 나쁜 형상의 얼룩을 남기며.

"그만해. 곰팡이보다 우리가 먼저 죽겠어."

아빠가 엄마 손에서 분무기를 뺏어 들었다. 동생이 캑캑거리며 기침을 했다. 엄마는 갑자기 동생을 부둥켜안더니, 거실 한가운데로 와 주저앉았다. 나도 거실 가운데 어정쩡하게 서 있었다. 벽이 무서웠다. 곰팡이에 뒤덮여 있거나 기분 나쁜 얼룩으로 가득한 벽이.

"이사 가자."

아빠는 결심했다기보다는 포기했다는 투로 말하고는 집주인에게 전화를 걸었다.

"이제 와서? 이제 와서 무슨 소용이야. 늦었어. 이미 늦었다고."

엄마가 중얼거렸다. 데룩데룩 굴리는 눈알에 시뻘건 핏발이 잔뜩 서 있었다.

"엄마, 얼굴이……."

기미가 심해져 있었다. 기미는 시커먼 얼룩이 진 것처럼 광대뼈 전체로 번져 있었다.

'하루 종일 어두운 집 안에만 틀어박혀 있는데 언제 저렇게.'

눈 밑이 온통 거뭇거뭇한 엄마의 얼굴 너머로 곰팡이가 핀 벽이 보였다.

'곰팡이가 핀 것 같아.'

나도 모르게 내 얼굴을 쓸었다. 온몸이 근질거렸다.

아빠가 식은땀을 흘리며 우리에게 다가왔다.

"없는 번호래. 버, 번호가 바뀌었나 봐."

아빠가 목을 그러쥐었다.

엄마 옆에 앉아 있던 동생이 발딱 일어나 내 다리를 붙잡았다.

물이 흘러오고 있었다.

거뭇거뭇한 불순물이 잔뜩 섞인 물이 우리를 향해 흘러오고 있었다. 싱크대 뒤쪽 벽으로 새어 든 물이 싱크대 밑에 고여 있다가 거실로 흘러들어 온 것이다.

썩은 쥐.

새까맣게 곰팡이로 뒤덮인, 축축한 싱크대 밑바닥에 누워 있는 그 쥐를 적신 물이 우리를 향해 오고 있다. 더욱 세차게 내리는 빗소리에 맞춰 물줄기의 속도도 빨라진다. 우리는 그 속도에 밀려 슬금슬금 뒷걸음친다. 뒤로, 뒤로……

끼기기기기긱.

화장실이 있는 곳까지 밀려났을 때, 화장실 문 너머로 천장이 뜯어지는 소리가 들려왔다. 반사적으로 고개가 화장실이 있는 오른쪽으로 돌아갔다.

문을 열 수가 없었다. 화장실 천장 안쪽에 든, 정체를 알 수 없는 것들이 우리를 향해 흘러나올까 봐, 덮쳐올까 봐, 계속해서 뒷걸음칠 수밖에 없었다. 물러날 곳이 없을 때까지.

등 뒤에 벽이 닿았다. 언젠가 곰팡이로 뒤덮인 환영을 보았던 거실 구석 벽이. 가장 어두운 벽이.

검은 곰팡이가 벽에서 떨어져 나와 공중에 부스스 날렸다. 물뱀처럼 우리 주위를 헤엄쳤다.

"엄마……."

엄마는 아무 대답이 없었다. 멍하니 서 있는 엄마는 꼭 속이 텅 빈 마네킹 같았다.

"엄마. 이상한 기분이 들어. 꼭…… 곰팡이가 살아 있는 것 같아."

"킥."

엄마가 히스테릭하게 웃더니 말했다.

"몰랐어? 곰팡이는 죽어 가는 것들 속에 살아 있는 거야. 그것들을 빨아 먹으면서."

정상이 아니야.

엄마는 정상이 아니야! 그리고 이 집도. 어쩌면 나도. 무서운 것인지, 아픈 것인지, 지겨운 것인지, 웃긴 것인지 모를 뒤엉킨 감정이 걷잡을 수 없이 부풀어 올랐다. 그 사이에도 곰팡이는 계속해서 번져 갔고, 검은 뱀 같은 물줄기는 몸을 늘어뜨리며 우리를 향해 흘러오고 있었다. 그 물줄기를 향해 뻗어 있는, 물줄기 끝과 맞닿아 있는 신경이 움츠리듯 오그라든다. 터지듯 비명이 나오려 한다. 울음이 나오려 한다. 웃음이 나오려 한다. 쿨럭! 싱크대 하수구 구멍으로 물이 역류해 솟구쳐 올라온다. 쿨럭쿨럭! 닫힌 화장실 문틈으로 시커먼 물이 흘러나온다. 발이 척척하게 젖어 든다. 이 집이 잠겨 든다. 아. 아. 아. 아. 아—.

꼬오! 갑자기 동생의 어눌한 목소리가 팽팽한 공기 한쪽을 누그러뜨리며 들려왔다.

"꼬."

동생이 고개를 한껏 쳐들고 말했다. 아무렇지도 않은, 너무나 일상적인 얼굴로 뭔가를 말하고 있었다. 비정상적으로 팽팽하게 당겨 있던 모든 것들이 느슨해졌다. 스르륵, 풀어지는 소리를 내며.

아빠가 투덜거리며 화장실 문을 열고 들어간다. 반쯤 뜯어져 바닥으로 휘어져 있는 천장 아래, 몸을 숙인다. 물이 잘 빠지지 않는다고 뽑아 던져 두었던 역류 방지기를 찾아 쥔다. 하수구 구멍에 푹, 쑤셔 박는다. 엄마가 무심히 걸레를 들고 바닥에 흥건한 물을 훔친다. 거실에 길게 늘어진 물줄기를 따라 올라가며 닦아 낸다. 내가 멍하니 동생에게 묻는다.

"……뭐?"

"꼬옷."

동생이 가리킨 벽엔 붉은 곰팡이가 피어 있었다. 벽을 뒤덮은 시커먼 곰팡이 사이로 드문드문 퍼렇거나 붉은 곰팡이가 섞여 있다. 식물의 잎과 꽃처럼.

동그랗게 피어난 붉은 곰팡이는 섬뜩할 정도로 새빨갰다. 보란 듯이. 생생하게 살아 있는 빨간색. 누군가의 피를 빨아들여 피어나는 죽음의 꽃. 그 섬뜩한 걸 보는데, 기막히게도 가슴이 뭉클했다. 뭔가 아름답거나 감동적인 걸 봤을 때처럼.

덫

"여기 이 방이에요. 괜찮죠? 이만하면 넓고."

부동산 중개인이 한껏 명랑한 목소리로 떠들어 댔다.

"이런 데선 안 살아 봤는데."

피부가 고운 여자가 의심 가득한 눈으로 집 안을 둘러보며 말했다. 환한 느낌을 주기 위해 불이란 불은 다 켜 둔 집 안은 방향제 냄새로 가득하다.

"그런데 이사 날이 급한데, 여긴 사람이 살고 있어서."

여자의 말에 우리가 앞다투어 대답한다.

"괜찮아요. 언제라도 나갈 수 있어요."

"네?"

"내일, 아니 오늘 당장이라도 우린 나갈 수 있어요!"

웃고 있는 우리 뒤로, 금방 도배한 하얀 벽이 보인다. 그 벽 안에 숨어든 곰팡이도 잠잠하다. 온 집 안이 기대감으로 가득 차 있다. 싱싱한 먹잇감을 향한. 미소를 짓느라 뻣뻣해진 얼굴 근육이 미세하게 떨려 왔다.

꽃

싱싱한 먹잇감은 쉽게 걸려들지 않았다. 주인을 찾아내 멱살을 그러쥐고 난 뒤에야 우리는 지하방에서 나올 수 있었다. 그러기까지 2년이 걸렸다. 아빠가 누군가의 멱살을 잡을 수 있게 되기까지. 내가 바락바락 악을 쓸 수 있게 되기까지. 엄마가 집 밖으로 나가 일을 하게 되기까지. 동생이 소리를 지르며 자기 욕구를 표현할 수 있게 되기까지. 욕설과 손찌검이 오가고, 싸구려 물건들이 벽에 부딪쳐 금이 가고, 몸 속 찢어진 어딘가로 피가 흐르고 멍이 들고, 서로가 서로를 긁고, 바닥을 드러내 보였다.

"꽃."

동생이 벽에 핀 붉은 곰팡이를 보며 말했다. 그 말을 듣는 순간, 커다란 혓바닥이 온몸을 훑는 것 같은 감각이 일었지만 이내 동생을 향해 싱긋 웃었다. 웃을 수 있다. 이제 붉은 곰팡이를 보고도 웃을 수 있다. 이삿짐이 빠져나간 휑한 집 안을 둘러본다. 비가 오는 날이면 한여름에도 보일러를 틀어 습기를 말려야 했던 집. 더 이상 사용하지 않는 변기. 몇 겹이나 덧바른 벽지. 그 벽지 속에 숨은 옅고 짙은 곰팡이 얼룩, 곰팡이 무덤들. 곰팡이와 우리의 시간이 그 흉측하고 기괴한 무늬로 장식되어 있다.

"무슨 그림 같은 게, 이것도 꽤 멋지네. 떠나려고 보니."

아빠가 다가와 말했다.

'그래, 떠나려고 보니.'

이 집은 괴물이 아닌 낡은 집일 뿐이다. 굴 같은 화장실은 먹잇감을 가지고 노는 입도 항문도 아닌, 제 기능을 하지 못하는 비위생적인 공간일 뿐이다. 아무리 조심해도 발목이 잡아채인 듯 미끄러져야 했던 망령 들린 계단은, 미끄러운 타일 조각을 덕지덕지 붙인 초라한 계단일 뿐이다. 집 곳곳에 핀 곰팡이 역시, 풀처럼 약한 생물일 뿐이다. 두려워할 것까진 없었는데. 곰팡이는 어떤 악의도 없었으니까. 악의를, 공포를 만들어 낸 건 곰팡이가 아니라, 곰팡이를 보는 우리였으니까.

아빠가 내 어깨를 툭툭 털어 내듯 두드리며 말했다.

"이제, 가자."

나는 빌라 입구에 놓인 쓰레기 더미, 이불, 옷가지, 살림들을 보고 미소 지었다. 그렇게 곰팡이 핀 모든 것들을 뒤로하고 파란색 트럭에 올라탔다.

이 파란색 트럭을 타고 떠나면, 더는 이 냄새를 맡을 일은 없을 것이다. 곰팡이가 검은 점처럼 박힌 옷을 입을 일도, 비가 올 때마다 축축한 이불 위에서 잠이 깨는 일도, 노숙자처럼 볼일을 볼 때마다 지하철역 화장실로 뛰어가는 일도 이젠 없을 것이다.

차창 너머로, 등 한쪽 털이 뭉텅이로 뽑힌 쥐 한 마리가 쪼르르 마당을 가로질러 가는 게 보였다. 꼴은 흉측하지만 살은 꽤 통통하게 올랐다. 쥐는 작은방 창문의 뜯어진 방충망 틈으로 몸을 밀어 넣는가 싶더니, 순식간에 집 안으로 기어들어 갔다.

저기도 통로가 있었구나.

어쩌면 싱크대 밑, 새끼 쥐의 시체는 없는지도 모르겠다.

아빠가 운전석에, 내가 간이 의자에, 엄마가 동생을 안고 조수석에 앉았다.

열린 차창으로 시원한 바람이 들어온다. 차는 도심을 벗어나 한가로운 길을 내달린다. 아무도 말이 없다.

"케엑."

아빠가 답답한 기침 소리를 내며 차창 밖으로 가래침을 내뱉었다.

그 소리가 신호라도 된 듯, 동생이 온몸을 긁어 댄다. 밀려 올라간 윗옷 사이로 배에 남은 농가진 자국이 보인다. 도장을 찍어 놓은 것처럼 동그란 회색빛 흉터는, 시간이 지나도 사라지지 않고 그야말로 낙인처럼 남아 있다. 아무리 닦아 내도 희미하게 남아 있던 곰팡이 얼룩처럼.

짐을 잔뜩 실은 작은 트럭이 덜컹덜컹 거칠게 흔들린다. 이리저리 몸을 틀어 중심을 잡아 보지만 밑바닥에서부터 흔들림과 함께 불안감이 스멀스멀 기어 올라온다.

침묵이 공간을 점점 답답하게 만들고 있다. 무슨 말이든 하려고 입을 달싹거렸다. 하지만 텁텁한 입김만 나올 뿐이다.

"엄마. 간지러워."

동생이 배를 긁으며 말했다.

"곰팡이가 피었나 봐."

'그런 말은 하면 안 돼!'

나는 엄마의 눈치를 살폈다. 아까부터 엄마의 눈빛이 점점 초점을 잃어 가고 있다.

동생의 몸에서 허연 비듬이 부스스 일어난다. 그걸 보고 있자니 정수리가 가려워 왔다. 정수리에 떨어지던 시커먼 물방울. 미친 듯이 긁어 대고 싶은 걸 꾹 참는다. 간지러움을 참고 있자니 식은땀이 흐르고 파르르 경련이 인다.

"킥."

엄마?

얼른 엄마를 쳐다봤다. 엄마는 어느새 번들번들해진 눈으로 동생을 보고 있다.

"소용없어. 도망갈 수 없어."

엄마는 시커멓게 부르튼 손으로 기미 낀 얼굴을 쓸며 중얼중얼 혼잣말을 했다. 순간, 걷잡을 수 없이 두려운 마음이 일었다. 우리가 언젠가는 그 지하방으로 다시 돌아가게 될 거라는 불길한 예감이 나를 사로잡았다. 낡은 빌라의 1층 셋방으로 이사를 가고 있지만, 우리 형편은 조금도 나아지지 않았다. 임시방편으로 빚을 내 이사, 아니 도망을 가고 있을 뿐이다. 매달 내야 하는 월세는 곰팡이만큼이나 우리를 죄어 올 것이다. 점점 더, 점점 더.

빠앙!

아빠가 경적을 세게 내리쳤다.

"도망칠 수 없으면……."

아빠는 감정을 억누르며 조용히 말했다.

"곰팡이처럼 살아."

곰팡이는 우스울 정도로 쉽게 닦여 나간다. 뿌리를 잃고 흩날린다. 하지만 금세 다시 뿌리를 내리고 살아간다. 기가 질리도록 질기고 질기게.

곰팡이처럼 살아.

목 안에서 뜨거운 것이 왈칵 치밀어 오른다. 심장이 세차게 뛴다. 내 몸 안에 핀 커다랗고 붉은 곰팡이가 펄떡펄떡 세차게 뛴다.

엄마가 가라앉듯 의자에 몸을 기댄다. 번들거리던 눈빛이 잠잠해진다. 엄마가 희미하게 웃는다. 광기가 드리운, 썩은 내가 풍기는 비웃음이 아닌, 희미한 미소다. 온몸을 긁어 대던 동생이 어느새 장난감에 정신을 팔고 놀고 있다. 아빠가 묵묵히 차를 몬다. 차가 달린다. 길게 뻗은 좁은 길이 보인다.

그래.

곰팡이처럼 살아.

손톱이 자라날 때

손가락을 쫙 펴자,
까만 손톱이 꽃이 피어나듯 활짝 펼쳐졌다.
긴 손톱이 매달린 내 손은
다른 아이들 손보다 두 배는 커 보였다.
그리고 누구보다도 돋보였다.

진짜, 네 손톱이야?

끼기기기익—.

미림이가 말하는 동시에 귓속을 회오리쳐 들어가는, 소름끼치는 소리가 들려왔다.

"수업 시간에 대놓고 떠드냐? 자자, 여기 주목!"

앞을 보니, 담임이 우리를 보고 있었다. 칠판을 짚고 있는 담임의 손이 눈에 들어왔다. 두껍고 누런 손톱. 담임이 칠판을 긁은 것이다.

찌익—.

"어우!"

신경을 긁는 소리에 귀를 틀어막았다.

"진짜 왜 저래?"

아이들이 노골적으로 짜증을 냈다.

"어허! 조용히 하라니까."

담임이 한 번 더 큰소리를 냈다. 하지만 무섭다기보다는 답답하고 짜증스러웠다. 담임은 목을 쭉 빼 책에 고개를 박고는 다시 웅얼웅얼 수업을 시작했고 아이들은 웅성웅성 떠들기 시작했다.

"진짜야?"

미림이가 다시 물었다.

"응? 뭐가?"

내가 멍청하게 되묻자 미림이 얼굴이 짜증으로 일그러졌다.

"씨발. 네 손톱 진짜냐고."

"으, 응."

"어머, 정말?"

미림이가 갑자기 내 손을 잡더니 친근하게 말했다. 말투와 표정이 확 바뀌었다.

"손톱 붙인 줄 알았어. 진짜 예쁘다."

"어디, 나도 봐."

뒤에 앉은 보경이까지 끼어들어 내 손을 구경했다.

나는 멍하니 내 손을 내려다보았다.

내 손은 예쁘다. 특히 길고 볼록한 손톱은 인조 손톱처럼 매끈하다.

나는 미림이의 손을 힐끗 내려다보았다. 작고 납작한 손톱에

바른 분홍빛 매니큐어가 군데군데 벗겨져 있었다.

"누가 손에 매니큐어 바르라고 했어? 이게 뭐야?"

언제 봤는지 담임이 다가와 잔소리를 퍼부었다.

"왜요? 투명한 건데 뭐 어때서요."

미림이는 조금도 주눅 들지 않고 또랑또랑 대꾸했다. 미림이는 뻔뻔스러울 정도로 자신감이 넘치고, 시끄러울 정도로 목소리가 크다. 미림이가 고개를 빳빳이 들고 큰 목소리로 떠들 때면 그 애 목 옆쪽에 난 사마귀가 유독 도드라져 보이는데, 나는 그때마다 붙여 놓은 것 같은 그 작은 살덩어리를 잡아떼고 싶은 충동을 느낀다.

담임이 주춤했다. 담임은 미림이에게 약하다. 미림이가 좀 노는 아이여서가 아니라, 미림이 부모가 극성이기 때문이다.

한번은 미림이가 건방지다는 이유로 머리를 맞은 일이 있었다. 미림이 엄마는 바로 다음 날 달려와 미림이를 손댄 선생의 뺨을 때리고 교무실을 발칵 뒤집어 놓았다. 그 뒤로 선생들은 미림이를 건드리지 않는다.

체면을 살려 줄, 새로운 먹잇감을 찾는 담임의 눈이 내 손에 와 꽂혔다.

"넌 손이 이게 뭐야? 술집 여자야, 뭐야? 이게 학생 손이야?"

내 손은 아무 잘못도 없다. 매니큐어를 칠하지도 않았고, 반지를 끼지도 않았다. 다만 손톱이 길어 보일 뿐이다. 담임은 그 길어 보이는 손톱을 공격하고 있는 것이다.

내 손톱은 일부러 기른 게 아니다. 내 손톱은 다른 사람들처럼 손톱과 살 사이에 틈이 있지 않고, 손톱 밑 살에 바짝 붙어 있다. 그래서 깎을 수 있을 만큼 바짝 깎아도 길게 기른 것처럼 보인다. 나는 종종 이런 오해를 받았고 그럴 때마다 손톱을 디밀어 보이며 구차한 변명을 하곤 했다.

하지만 이번엔 아무런 해명도 하지 않았다. 담임을 무시하듯 그냥 가만히 있었다. 내가 왜 그랬는지는 잘 모르겠다. 담임이 만만해서였는지, 순간 미림이를 흉내 내고 싶었던 건지, 아니면 뭔가 뒤틀려 있었던 건지.

담임은 내 옆에 서서 잔소리를 늘어놓기 시작했다.

"지금이 얼마나 중요한 시기인 줄 모르지? 내년이면 중3이고, 뒤돌아보면 고3이야, 이 자식들아. 고등학교 가서 정신 차리면 좋은 대학 들어갈 수 있을 것 같지? 인생이 그렇게 만만한 줄 아냐? 열한 살에 인생이 결정된다는 말 몰라? 니들은 늦어도 한참 늦었다고."

담임의 잔소리는 수업 끝나는 종이 치고 나서야 끝이 났다. 길게 한숨을 내쉬며 자리에서 일어나는데, 미림이가 내 이름을 불렀다.

"야, 한유지."

미림이는 내가 담임을 무시한 게 마음에 들었는지 아까보다 더 친근하게 굴었다.

"나래 옷 사러 가기로 했는데, 같이 갈래?"

나는 나래를 돌아봤다. 나래는 팝송을 흥얼거리고 있었다. 대충 시늉만 하는 게 아니라, 외국에서 살다 온 걸 과시하듯 정확한 발음으로 노래하고 있었다. 그 옆에선 지나가 삐딱한 얼굴로 아이들을 둘러보고 있었다. 뭔가 시빗거리를 찾고 있는 게 분명했다. 지나는 성질이 배배 꼬인 데다, 덩치도 크고 인상도 사나워 모두들 무서워한다. 소문에는 일진과도 어울린다고 했다. 그런 지나를 흉내 내듯 나래가 삐딱한 표정을 지었다. 하지만 똑같은 체육복을 입어도 부유한 티가 나는 뽀얀 얼굴의 나래는 지나와는 질적으로 다른 환경에 살고 있다는 게 온몸에서 드러난다. 나래는 단지 노는 애로 보이고 싶은 거다. 모범생처럼 보이고 싶어 하지 않는 모범생. 그게 바로 성나래다.

"재수 없지?"

미림이가 은밀하게 말했다.

"진짜 재수 없어."

내 대답이 마음에 들었는지, 미림이가 씩 웃었다.

장미림. 성나래. 그리고 강지나. 모두가 눈치를 보는 아이들. 나도 다른 아이들처럼 그 애들과 어쩌다 눈이라도 마주치면, 괜히 주눅이 들어 얼른 눈을 피하곤 했다. 그건 미림이와 짝이 된 후에도 마찬가지였다. 하지만 같이 다녀 보니 그동안 내가 위축

되었던 게 이상하게 느껴질 만큼 그 애들은 평범한 애들이었다. 별것 아닌 일로 삐치고, 질투하고, 울고 웃는.

특히 미림이는 교실에선 큰 소리로 욕하고 까진 것처럼 굴지만, 제 집에서는 영락없는 어린애였다. 짜증 내며 반찬 투정을 하고, 징징거리며 졸라 대는 게 초등학생인 내 동생보다도 더 어리게 굴었다. 그런 미림이를 그 애 엄마, 아빠는 한없이 귀여워하며 아기처럼 대했다.

"악!"

선주가 얼굴을 감싸 쥐고 주저앉았다. 지나가 던진 배구공에 얼굴을 맞은 것이다. 하지만 지나는 사과하지 않았다. 대신 소리쳤다.

"야! 죽었으면 빨리 비켜!"

지나가 일부러 선주 얼굴에 공을 던졌다는 걸 모두가 알고 있었지만, 다들 모르는 척했다. 선주는 왕따니까.

선주가 따돌림을 당하는 이유는 간단하다. 멍청해서다.

툭 튀어나온 눈, 두툼한 입술. 선주는 붕어처럼 생긴 인상만큼이나 사람을 답답하게 만드는 아이다. 목소리는 기어들어 가고, 무슨 일을 하든 우물쭈물 망설인다. 하지만 따돌림을 당하는 선주가 불쌍하긴 했다. 지나에게 미운털이 박히지 않았다면 이렇게까지 철저하게 외톨이가 되진 않았을 테니까.

체육이 끝나고 교실로 들어가는데, 아람이가 선주를 위로해 주고 있는 게 보였다. 아람이는 나와 가장 친한 친구다. 아니, 한때 그랬다. 내가 미림이와 친해지고부터는 서로 서먹해져 버렸으니까. 괜히 속이 비틀려서 중얼거렸다.

"놀 사람이 그렇게 없나. 싼티 나게."

아람이를 못마땅한 눈으로 보는 건 나뿐만이 아니었다. 미림이는 아람이의 숱 많은 뒤통수가 거슬린다는 듯 쳐다보고 있었다.

"돈 좀 빌려 줄래?"

깜빡하고 준비물값을 챙겨 오지 않았다. 마침 문구점 앞에 선주가 있었다. 선주는 선선히 돈을 빌려 주었다.

"고마워."

처음엔 갚을 생각이었다. 하지만 곧 생각이 바뀌었다. 선주가 나와 눈이 마주칠 때마다 시선을 피하며 겁을 냈기 때문이다.

'무서워하는 건가? 나를? 지나랑 같이 다녀서 그러는 건가?'

이유야 어쨌든 누군가 나를 두려워한다는 사실은 나를 우쭐하게 만들었다. 나는 지나 패거리에 끼어, 선주에게 시비를 걸기 시작했다. 그 애가 나를 무서워한다는 걸 자꾸만 확인하고 싶었다.

쉬는 시간에, 미림이가 가져온 매니큐어를 발랐다. 매니큐어는 반짝이는 펄이 들어가 있지만 쥐 털을 떠올리게 만드는 우중충하고 짙은 회색이었다.

"꼭 썩은 손톱 같아."

"촌스럽긴. 요즘은 이런 게 세련된 거야."

미림이 말에 나는 내 손톱을 다시 들여다봤다. 우윳빛이던 손톱에 매니큐어가 칠해지자 몹시 낯설고 어색하게 느껴졌다. 하지만 강해 보이는 게 마음에 들었다.

난, 담임을 무시한 그날 이후로 보란 듯이 손톱을 자르지 않고 있었다.

"야, 너 손톱 안 잘랐냐? 보기보다 센데."

미림이는 내가 듣고 싶어 하는 말을 해 주었다.

길게 자란 내 손톱은 아주 날카로워 보였다. 나는 장난으로 미림이의 팔을 손톱으로 긁었다.

"앗! 야! 아프잖아."

미림이가 정색하며 화를 냈다. 살짝 긁었을 뿐인데도 할퀸 자국이 선명하게 나 있었다.

"야, 조용히 해 봐. 급한 일 생겼어. 정희 언니한테 방금 문자 왔는데, 돈 좀 모아 오래."

옆에서 계속 휴대전화를 들여다보던 지나가 고개를 들며 말했다. 그 말에 다들 표정이 딱딱하게 굳었다. 정희 언니는 지나가 알고 지내는 일진이었다. 우리는 한 번도 정희 언니를 만난 적이 없고 아무 상관도 없었지만, 왠지 정희 언니가 시키는 일이라고 하면 거절할 수가 없었다.

"여기⋯⋯."

아이들에게서 걷은 돈을 주자, 지나가 나를 향해 눈을 치켜떴다. 미림이나 나래는 용돈 수준이 나와는 다르다. 그리고 아이들도 잘 협조해 준다. 나도 고개를 빳빳이 들고 반은 협박조로 아이들에게 돈을 걷었지만, 고작 백 원 이백 원 푼돈밖에 얻을 수 없었다.

"야⋯⋯."

장난해? 죽고 싶어? 네가 아직 무서운 꼴을 못 봤지?

지나가 나를 향해 내뱉은 건, '야'라는 고작 한 음의 소리였지만, 나는 그 뒤에 삼켜진 무수한 말들을 상상하며 겁에 질렸다. 하지만 친구에게 벌벌 떨 순 없다. 나는 애써 태연한 척하며 지나의 시선을 피했다.

다시 아이들을 둘러보았다. 내게 돈을 줄 만한 애들은 보이지 않았다. 선주가 눈에 들어왔다. 선주는 아까 준 돈이 전부라고 했다. 하지만 그 애밖에 없다. 혹시 돈이 남아 있을지도 모른다. 아니, 틀림없이 있을 것이다. 가진 돈을 몽땅 다 털어 줄 정도로 바보는 아닐 테니까.

"야! 너 아까 한 말 진짜야?"

"으, 응?"

선주가 멍청한 눈을 끔뻑거리며 되물었다. 짜증이 치밀었다.

"씨발. 돈 없다는 말 진짜냐고."

선주는 툭 튀어나온 입을 꾹 다물고는 책상에 시선을 고정시켰다. 갑자기 정적이 흘렀다.

순간 당황스러웠다. 더 이상 할 말이 없었다.

'정말 돈이 없는 것 같은데. 이럴 땐 뭐라고 말해야 하지? 미림이는 어떻게 했더라?'

그냥 돌아가자니 그것도 이상했다. 어느새 아이들이 이쪽을 보고 있었다. 얼굴이 뜨겁게 달아올랐다.

"야!"

괜히 선주를 한 번 더 불러 보았다. 선주는 더 이상 나를 쳐다보지 않았다.

'이게 날 무시하나?'

점점 더 많은 아이들이 우리를 주목하고 있었다.

'별거 아니잖아. 별거 아니잖아. 아무것도 아닌 게.'

수군대는 것만 같았다.

지나와 눈이 마주쳤다.

"쿡."

지나가 웃었다.

비웃고 있다.

가슴이 두근대고 걷잡을 수 없이 화가 치솟았다.

"야!"

바보같이 목소리가 떨려 나왔다. 선주는 여전히 나를 무시하고 있었다.

"이게……."

벌렁거리는 심장이 터질 듯이 부풀어 올랐다. 나는 숨을 크게 들이쉬며 손을 들어 올렸다.

"악!"

선주가 뺨을 감싸 쥐었다.

손이 얼얼했다. 내가 선주의 뺨을 후려친 것이다. 마치 궁지에 몰린 쥐새끼, 아니 고양이처럼.

선주는 소리 내어 울음을 터뜨리지 않았다. 툭 튀어나온 눈을 커다랗게 뜨고 벌벌 떨면서 눈물만 줄줄 흘렸다.

놀란 건 선주만이 아니었다. 나는 숨도 쉬지 못하고 서 있었다. 심장이 조그맣게 오그라든 채 굳어 버린 것만 같았다.

선주의 뺨에 난 손톱자국이 독이라도 오른 것처럼 벌겋게 부어 올랐다.

드르르륵―.

담임이 등을 구부정하게 구부리고 교실 안으로 들어왔다. 목을 쭉 빼고 느릿느릿 교탁으로 가는 동안 우리 쪽은 보지도 않았다. 나는 그제야 정신을 차리고 자리에 와 앉았다.

손톱이 욱신거렸다. 심장이 다시 천천히 뛰기 시작했다.

나는 손톱을 더 길렀다. 그리고 종종 선주 얼굴에 손톱자국을 냈다. 한 번, 두 번 반복될 때마다 나는 점점 강해졌다. 그 애 뺨에 몽글몽글 시뻘건 피가 고여 올라와도 더는 무섭지도, 가슴이 두근거리지도 않았다.

선주는 내 손톱을 두려워했다. 그리고 덩달아 아이들도 내 손톱을 무서워하게 되었다. 미림이의 큰 목소리를, 나래의 계급이 다른 것 같은 분위기를, 지나 뒤에 있는 일진을 두려워하듯 아이들은 내 손톱을 두려워했다.

"악!"

윗옷을 입는데 가운데 손톱이 옷에 걸려 확 꺾였다. 신경을 긁는 예리한 통증이 순식간에 머리를 훑었다. 손가락을 그러쥐고 한참을 끙끙거리고 나서 보니 가운데 손톱에서 피가 새어 나오고 있었다.

"짜증 나……."

손톱을 기르고 나서 신경이 부쩍 예민해졌다. 조금만 자유롭게 움직여도 손톱이 깨지거나 꺾였다. 세수를 할 때도, 옷을 입을 때도, 머리를 묶을 때도, 공부를 할 때도, 선주를 때릴 때도, 조심해야 했다.

"손톱이 기니까 그렇지! 너 손톱 안 깎을 거야!"

엄마가 거실에서 잔소리를 퍼부었다.

"남이야 기르든 말든. 안 그래도 아파 죽겠는데. 에이, 짜증 나."

"이게 툭하면 짜증이야! 너 요즘 왜 그래?"

엄마가 소리를 질렀다. 나는 방문을 쾅 닫아 버렸다.

"짜증 나. 짜증 나, 짜증 나!"

여전히 머리가 욱신거렸다. 별 이유도 없는데, 걷잡을 수 없이 짜증이 솟구쳤다. 마구 소리를 지르고, 닥치는 대로 던지고, 때리고 싶다. 화풀이를 하고 싶다. 옆에 선주가 있다면 머리를 후려치고, 얼굴을 할퀼 수 있을 텐데. 내일 학교에 갔을 때 선주가 먼저 와 있으면 좋겠다.

"으……."

손톱에 예리한 통증이 일었다. 만약 선주 얼굴을 피가 배어 나올 정도로 할퀸다면, 내 손톱도 꺾일 것이다.

'너무 길다…….'

아이들에게 보이고 싶어 기르기 시작했지만, 어느 순간 잊고 있었다. 머리카락이 서서히 자라나는 걸 느끼지 못하듯, 손톱이 이렇게까지 길어진 줄 몰랐던 것이다. 이제 손톱은 살갗에 붙어 있는 부분만큼이나 길었다. 하지만 자르기엔 너무 아까웠다.

'왜, 겁났어?'

만약 내가 손톱을 자른다면, 미림이는 이렇게 말할 게 분명하다. 미림이뿐 아니라 다른 아이들도 내가 혼나는 게, 맞는 게 무서워서 손톱을 잘랐다고 여길 것이다. 그리고 다시 나를 예전처럼 대할 것이다.

예전에 나는 늘 가슴이 답답했다. 누군가 내 말을 자르거나 무시하면 주눅이 들었고, 누군가 큰 소리로 내 이름을 부를 때면 겁이 났다. 나는 너무 많은 사람의 눈치를 봐야 했고, 수시로 무시당했고, 어디에서도 어깨를 활짝 펴고 있을 수 없었다.

모두들 자기보다 약하고 못난 아이를 무시한다. 잘나고 강해야만 한다. 그런데 잘난 아이가 되는 건 너무 어렵다. 성적이 우수하고 리더십이 있어야 하며 잘 노는 모습도 보여야 한다. 옷을 잘입어야 하고 빈티가 나서도 안 된다.

나는 그 모든 조건의 중간을 유지하는 것만도 벅차다. 자꾸만 뒤처진다. 하지만 내 손톱은 멋지다. 길게 자란 손톱은 더욱 멋지다. 나를 강해 보이게 해 주니까.

나는 손톱깎이 대신 까만색 매니큐어를 꺼냈다. 빈틈없이 까맣게 칠해진 손톱은 더욱 매끈하고 단단해 보였다.

다음 날, 나는 초조하게 선주를 기다리고 있었다. 손톱으로 얼굴을 쓸며 겁만 줘야지. 아니야, 너무 약해. 어떻게 하면 좀 더 무서워할까? 세 보일까? 뭐가 좋을까?

"야! 손 좀 떨지 마! 거슬려 죽겠네!"

옆에 앉은 미림이가 학원 숙제를 하면서 짜증을 냈다. 나도 모르게 계속해서 손톱으로 책상을 두들기고 있었던 것이다. 하지만 그런 말을 하는 미림이 역시 계속해서 목덜미를 벅벅 긁어 대고 있었다. 미림이의 목에 난 작은 사마귀가 벌겋게 부풀어 올라 혹처럼 커져 있었다.

나는 그 덜렁거리는 혹을 내 까만 손톱으로 움켜쥐고 뜯어내는 상상을 하며 바라보았다.

"우리 엄만 귀엽댔어."

누가 혹처럼 변해 버린 사마귀에 대해 말하면 미림이는 늘 그렇게 대꾸했다. 하지만 미림이가 긁을 때마다 살아 있는 애벌레처럼 불룩거리는 커다란 혹은 기괴하기 짝이 없었다.

"Will you have some juice? Yes, please. I'm…… thirsty."

미림이가 중얼거리며 숙제를 풀고 있는데, 나래가 다가와 참견했다.

"그건 그렇게 발음하면 안 되지. thirsty."

나래가 유난히 긴 혓바닥을 내보이며 시범을 보였다.

"야! 난 혀가 짧아서 안 되거든!"

미림이의 말에 나래는 긴 혓바닥을 내보이며 다시 잘난 척을 했다. 나래가 몸을 흔들며 자리로 돌아가고 나자, 미림이가 내게만 들릴 정도로 작게 말했다.

"재수 없는 년. 혀를 그냥……."

미림이가 잔뜩 독이 올라 있다. 나는 힐끔 지나 쪽을 봤다. 지나도 잔뜩 뒤틀린 얼굴이다. 나래도 심심한 듯 뒷문 쪽을 힐끔거렸다. 내 눈엔 미림이, 지나, 나래, 모두 선주를 기다리고 있는 것처럼 보였다.

'목말라.'

초조해서 갈증이 날 지경이었다.

나는 어젯밤부터 단단히 마음을 먹고 있었다.

'내가 먼저 시작해야 해. 내가 먼저 시비를 걸고 싶어.'

누가 먼저 선주를 괴롭히기 시작한 뒤에 거드는 건, 왠지 김빠지는 일이었다.

우리는 한편이 되어 똘똘 뭉쳐 선주라는 한 아이를 괴롭히는 것처럼 보였지만, 동시에 선주 하나를 두고 경쟁하는 꼴이 되기도 했다.

'왜 이렇게 안 오는 거야! 진짜 가만 안 둬!'

손가락을 쫙 펴자, 까만 손톱이 꽃이 피어나듯 활짝 펼쳐졌다. 긴 손톱이 매달린 내 손은 다른 아이들 손보다 두 배는 커 보였다. 그리고 누구보다도 돋보였다.

하지만 작은 벌레들이 기어 다니기라도 하는 것처럼 손톱 밑이 근질근질했다. 사실 긴 손톱은 불편한 것을 넘어 고통스러울 지경이었다. 손가락 길이만큼이나 길어진 손톱은 칼처럼 날카롭고 예리해 보였지만, 정작 내 손은 어떤 것도 제대로 느낄 수 없는 둔한 상태가 되어 버렸다. 손이 둔해진 만큼, 신경은 예민해졌다. 게다가 틈만 나면 손을 씻는데도 길게 자라난 손톱은 때가 낀 것처럼 누렇게 변색돼 더러워 보였다. 나는 그걸 가리기 위해 매니큐어를 더욱 두껍게 칠했다.

후끈거리는 손가락 끝을 꾹꾹 눌렀다. 간지러움은 소름 끼치는 통증만큼이나 견디기 힘들었다. 할퀴고 싶어서 미칠 것 같았다. 손톱이 꺾여 피가 나도 좋을 만큼. 할퀴면 손톱이 시원해질 것 같았다. 간지러움이 가라앉을 것 같았다. 손톱의 열기가 식을 것 같았다. 나는 손가락을 펼쳤다 오므렸다 하며 내내 선주를 기다렸다. 하지만 선주는 좀처럼 나타나지 않았다.

"선주 전학 갔다. 그렇게 알고 있고……."

어느 날 아침, 담임이 덤덤하게 말했다. 숙제가 있다거나, 시간표가 바뀌었다는 말을 할 때처럼.

세게 뒤통수를 얻어맞은 것 같았다.

'갑자기, 이러는 법이 어디 있어. 전학이라니.'

괘씸하고 분한 기분이 들었다. 선주가 돈을 빌린 채 도망가기라도 한 것처럼. 정작 빌린 돈을 갚지 않은 건 나인데.

길게 자란 손톱의 무게 때문에 손끝이 욱신거렸다.

"왜 전학 갔는데요?"

긴 자줏빛 혓바닥을 날름거리며 나래가 물었다. 담임은 그 물음에 어깨를 으쓱해 보였다. 하지만 어깨를 들어 올리는 게 아니라, 머리를 몸통 속으로 밀어 넣는 것처럼 보였다. 담임의 넓적한 등이 더욱 굽어 있었다.

담임이 갑자기 뭔가 생각난 듯, 몸통에서 머리를 쑥 빼며 지나를 불렀다.

"이따 교무실로 따라와."

"왜요?"

지나가 짜증스럽다는 듯이 물었다.

"몰라서 묻는 거야? 네가 선주 괴롭혔다며?"

그 말에 얼른 미림이를 쳐다보았다. 하지만 미림이는 아무렇지 않은 얼굴로 앉아 있었다. 하긴, 미림이는 믿는 구석이 있으니까.

나 역시 괴롭힌 적 없다고 잡아떼면 그만이다. 나 혼자 한 것도 아니니까. 지나가 있다. 누가 뭐래도 지나가 먼저 시작한 일이다.

'하지만 손톱자국은?'

나는 질린 얼굴로 내 손을 내려다보았다. 길게 자란 손톱이 감출 수 없는 증거물처럼 달려 있었다.

"너 깡패야, 뭐야?"

담임의 말에 지나가 픽 웃었다. 순간, 담임은 얼굴이 시뻘게지 더니, 목을 쭉 빼고 성큼성큼 다가와 지나의 머리를 후려쳤다.

"이 새끼가! 너, 내가 우스워? 넌 네가 대단한 줄 아는 모양인데, 너 같은 것들은 학교만 나가면 삼류 인생이야. 정신 차려. 경리나 보고, 공장이나 다니고, 늙어서 생선 대가리나 자르고 살고 싶어? 정신 차리기 싫으면 퍼질러 잠이나 자. 학교에서 발악하지 말고."

담임은 열이 올랐던 얼굴이 식자, 후회가 되는지 다시 머리를 어깨 깊숙이 쑥 집어넣었다.

교실에 불편한 공기가 흘렀다. 모두들 말이 없었다. 우리 모두 담임의 말에 충격을 받은 건 아니었다. 그런 것쯤 우리도 알고 있으니까.

그 일이 있고 나서 지나는 기가 죽기는커녕 더욱 사나워졌다. 어찌된 일인지 선주 일은 지나만 혼이 나고 마무리됐고, 그 때문에 우리는 더욱 지나 눈치를 보게 됐다.

선주가 빠져나간 교실에는 썰렁한 공기가 터질 듯이 들어찼고, 싱겁고 지루한 하루하루가 반복되었다.

우리는 괜히 서로에게 날카로워졌다.

"이렇게 길게 내밀어야 한다고."

나래가 미림이를 향해 길게 혀를 내밀었다. 더욱 길어진 나래의 혀는 파리를 잡는 개구리의 혀처럼 쭉 뻗어 나와 미림이의 목에 착, 소리를 내며 닿았다. 미림이 목에 난 혹이 쓱 움츠러들었다. 미림이는 혹을 감싸며 뒤로 물러서더니 소리쳤다.

"씨발. 그만하라고! 영어 좀 한다고 지랄 떠냐? 재수 없게."

"뭐, 씨발?"

미림이와 나래 사이에 살벌한 기운이 흘렀다.

"장미림. 너 죽으려고 환장했냐?"

지나가 끼어들었다. 지나는 부쩍 더 커다래져 있었다. 원래도 덩치가 큰 편이었지만 이젠, 학교에서 제일 컸다. 지나가 뒤뚱거리며 걸어가 미림이에게 바짝 다가섰다. 지나의 그림자가 미림이를 덮자, 미림이는 개가 꼬리를 내리듯 눈을 내리깔았다.

지나가 나래와 돌아선 뒤, 미림이가 나직하게 말했다.

"지나 아니면 쪽도 못 쓸 게 어디서 지랄이야. 찐따 같은 년이."

'그래, 지나만 아니면…….'

나는 은근히 나래가 따가 되길 바랐다. 지나만 나래와 틀어진다면, 모두들 기다렸다는 듯 나래를 괴롭힐 것이다. 나래는 정말 재수가 없으니까. 툭하면 잘난 척하고, 끊임없이 머리를 귀 뒤로 넘기며 예쁜 척하는 공주병에, 책을 읽을 때면 스스로에게 흠뻑 취해 간지러운 목소리를 내는 나래를, 모두가 역겨워하니까.

하지만 나래일 수는 없다. 내 손톱으로 나래의 얼굴을 할퀴면 어떤 일이 일어날까? 나래의 부모가, 선생님이, 학교가 가만있지 않을 것이다. 나래는 약하지 않다. 나래는 강하다. 나는 나래를 할퀼 수 없다.

"별게 다 사람 짜증 나게 만드네. 어유, 저 머리털 좀 봐."

화풀이할 대상을 찾던 미림이의 눈에 아람이가 걸려들었다. 유독 머리숱이 많은 뒤통수가. 미림이는 벌떡 일어나더니 아람이에게 다가가 시비를 걸었다.

"야! 넌 머리가 이게 뭐냐? 비위 상하게. 보기만 해도 답답해 죽겠네. 으, 징그러."

"으응……. 나도 머리숱이 많아서 괴로워. 여름엔 더워 죽는다니까."

아람이가 어색하게 웃으며 받아넘겼다. 미림이는 얼굴을 일그러뜨렸지만 싱겁게 돌아섰다.

"휴—."

나도 모르게 길게 숨을 내쉬었다.

다음 날, 아람이는 짧은 단발머리를 깔끔하게 묶고 나타났다.

지나의 생일이었다.

"이게 뭐야? 어유, 구려. 너 이거 얼마 주고 샀어? 천 원? 이천 원?"

지나는 내가 사 준 귀걸이를 노골적으로 무시했다. 순간, 지나의 얼굴에 날카로운 손톱자국을 새기고 싶었지만, 나는 욱신거리는 손끝을 꾹꾹 누르며 잠자코 있었다.

사실 다른 아이들의 선물도 내 선물과 별다를 게 없었다. 미림이는 작은 곰 인형이었고, 나래는 평범한 티셔츠였다.

"이거 진짜 예쁘다. 얼마짜리야? 만 원?"

"이게 그렇게 싼티 나?"

그러면서 나래는 내 선물을 힐끗 봤다. 지나는 우람한 몸을 틀어 아예 내 쪽에서 등을 돌렸다. 넓은 등이 나를 철저하게 무시하고 있었다.

지나는 나를 싫어한다. 나래도. 이대로 가다간, 왕따가 되는 건 나래가 아니라 나일지도 모른다.

나는 미림이를 보았다. 미림이는 아무 생각 없이 목에 난 혹을 벅벅 긁고 있다가 나와 눈이 마주치자 뜬금없이 말했다.

"어머! 유지야, 너 핸드폰 고리 새로 샀어? 씨발. 존나 예쁘다."

"으응. 맘에 들어? 그럼, 너 가져."

어느새 나는 미림이의 비위를 맞추고 있었다. 그리고 내가 비위를 맞출수록 미림이는 내게 더 뻔뻔해져 갔다. 미림이와 나, 우리 관계는 어딘가 일그러지고 있었다.

일그러지고 있는 건 그것만이 아니었다. 길게 자란 손톱이 말려들듯 비틀어지고 있었다.

회오리 모양의 거대한 손톱은 이제 손톱이라기보다는 무기에 가까웠다.

손톱의 무게 때문에 나는 쉽게 지쳤다. 이제 그만 손톱을 자르고 싶었다. 하지만 자를 수가 없었다. 가위 날이 닿기만 해도 아파서 건드릴 수조차 없었기 때문이다.

'손톱을 따라 신경이 자라 나온 걸까?'

소름 끼치는 상상이다. 손끝에 있는 신경 줄기가 손톱을 타고 자라 나온다니. 하지만 기다란 손톱에는 분명 희미한 선이, 신경이 흐르는 것 같은 선이 보이는 듯했다.

밤마다 가위를 들고 끙끙댔지만, 조금도 자를 수가 없었다. 그제야 두려운 마음이 일었다. 길게 기른 손톱이, 자를 수 없는 손톱이 무서워지기 시작했다.

"고무줄 터지겠다. 애 머리털 좀 봐."

미림이가 또다시 아람이에게 시비를 걸었다. 나래가 그 모습을 보고는 쪼르르 달려가 거들었다.

"야, 너 선주랑 친구였지?"

"너 만날 걔랑 우리 욕했지?"

미림이와 나래는 언제 싸웠냐는 듯 한패가 되어 아람이를 몰아세웠다. 아람이는 어리둥절한 표정으로, 고개만 흔들어 댔다.

'아……'

손톱이 근질거리기 시작했다. 못 참겠다는 듯, 어떤 기대감에 부풀어 올라. 회오리 모양으로 비틀린 손톱에 열이 올랐다. 나는 거대한 손톱이 달린 손끝을 세게 눌렀다.

아무것도 할퀼 게 없는 손톱은 무섭지 않다. 자를 수 없어서 주렁주렁 매달고 다니는 손톱은 우스꽝스러울 뿐이다. 내 손톱에게는 새로운 선주가 필요했다. 나는 천천히 일어나 아람이를 괴롭히고 있는 미림이와 나래에게 걸어갔다.

걸어가는 동안, 아람이에게 미안한 마음이 들지 않은 건 아니었다. 하지만 그보다 손끝의 고통이 더 컸다.

우리는 수시로 아람이를 괴롭혔다. 신기하게도 아람이는 점점 더 선주를 닮아 갔다. 마치 선주가 다시 돌아온 것 같은, 아니 떠난 적이 없었던 것 같은, 늘 그랬던 것 같은 기분이었다.

하지만 뭔가 부족했다.

선주를 괴롭히듯 아람이를 괴롭혔지만, 내 손톱은 여전히 우스꽝스런 꼴을 하고 있었다.

"저러고 다니면 지가 무서운 줄 아나?"

"튀고 싶어서 환장을 했네."

누군가 속닥거리는 소리. 곧이어 들려오는 키득거림. 비웃음.

자를 수 없는 내 손톱이 무섭게 느껴질 만한 사건이 필요했다. 그리고 듣고 싶었다. "무서워. 쟤 무서운 애야. 저 손톱 좀 봐." 미림이도 나래도 지나도, 아마 그랬을 거다. "무서운 년이야."라는, 그 별것 아닌 말을 원했을 거다.

뭔가 부족한 건 우리만이 아니었다. 여전히 열이 올라 있는 손톱처럼, 모두들 여전히 어딘가 가려운 듯 몸을 비틀고 있었다.

모두들 필요로 하고 있었다. 모두에게 막처럼 들러붙어 있는 답답한 공기를 시원하게 긁어 줄 강한 자극을.

쉬는 시간, 우리는 아람이를 교실 뒤로 불러냈다. 평소와 다른 분위기에 아람이는 잔뜩 겁에 질린 얼굴이었다.

지나가 내 손을 힐끗 봤다. 나래와 미림이도 나를 봤다.

'그래. 이번에야말로 뭔가 보여 주겠어.'

나는 고개를 숙이고 선 아람이에게 다가갔다.

꼴깍. 내 침 삼키는 소리가 유난히 크게 들렸다.

'바보같이 왜 이래? 침착해. 한유지.'

들어 올린 손톱에서 반짝 빛이 났다.

'나는 이제 웃음거리가 아니야.'

나는 손끝에 힘을 주고 아람이의 얼굴을 천천히 할퀴었다. 하지만 꽈배기처럼 말려들어 간 손톱은 마음대로 움직여 주지 않았다. 당황한 나는 손끝에 더 힘을 주었다. 그러나 길기만 할 뿐 약해 빠진 손톱은 휘청, 휘어질 뿐이었다. 그럴듯해 보이려고 하면 할수록 내 행동은 더욱 과장되어 보이고 어색해져만 갔다.

"제대로 못 하냐?"

지나의 말에 얼굴이 확 달아올랐다.

그런 내 모습을 모두가 보고 있었다. 나는 있는 힘껏 소리를 질렀다.

"꿇어앉아!"

아람이가 눈을 동그랗게 뜨고 나를 봤다.

'너 왜 그래?'

아람이의 눈이 내게 그렇게 말하는 듯했다.

'너 나한테 왜 이래?'

울컥, 울음이 솟구칠 것 같았다. 하지만 내 심장은 내내 냉정을 유지하고 있었다. 절대 바보같이 벌렁거리지 않았다.

'그래. 나는 강해. 나는 강해.'

나는 아람이를 마구 후려치며 밀어 넘어뜨렸다.

아람이가 고개를 푹 숙이고 무릎을 꿇고 있었다.

"야, 고개 들어 봐."

나래 말에 아람이가 고개를 들었지만 머리카락에 가려 얼굴이 보이지 않았다. 얼굴은 온통 머리털에 뒤덮여 있었다. 미림이 말대로 머리숱이 징그러울 정도로 많았다.

'머리숱이 저렇게까지 많았나?'

철사처럼 굵은 머리칼들을 보고 있자니, 날카로운 금속성의 감각이 손톱을 타고 오르는 것만 같았다. 오싹한 기분에 뒷걸음질 치는데, 갑자기 몸이 기울어졌다.

'내가 왜 이러지?'

비틀거리던 나는 중심을 잃고 주저앉았다.

당황한 내 눈에, 그제야 온통 일그러진 교실이 들어왔다. 기울어진 바닥, 내려앉은 천장, 휘어진 벽, 그리고 아이들.

모두가 일그러져 있었다. 모두 어딘가 변형된 모습이었다.

나래가 씩 웃으며 혓바닥을 삐죽 내밀었다. 자줏빛 혓바닥이 파충류의 혀처럼 길게 뻗어 나갔다. 아람이의 목에 철썩 붙은 나래의 혀가 아람이의 목덜미를 핥았다. 천천히. 맛을 보듯.

미림이는 아람이의 뒤통수에 바싹 붙어 앉아 있었다. 미림이의 목에 붙은 커다란 혹이 고개를 들었다. 그건 아기 얼굴을 한, 또 하나의 머리였다. 미림이는 아람이의 머리털을 하나씩 뽑아 아기에게 먹이고 있었다.

'지나, 지나는?'

지나가 보이지 않았다. 분명 옆에 있었는데.

머리 위에서 지나가 고개를 쑥 내밀었다. 나는 흠칫 놀라 한 발짝 물러섰다. 지나가 야비하게 웃었다. 지나의 몸은 너무나 거대했다. 길게 늘여진 커다란 몸이 천장까지 닿아, 구부정하게 허리를 숙이고 우리를 굽어보고 있었다.

드르륵―.

담임이 들어왔다. 담임은 머리가 보이지 않았다. 거북이 등껍질 같은 몸통 속에서, 말린 무화과 열매처럼 조그맣게 쪼그라든 머리통이 아주 잠깐 나왔다 들어갔다.

나래가 아람이의 목을 휘감기 위해 혀를 더 길게 내밀었다. 더 길게. 더 길게.

나래의 은빛 교정기가 공중으로 팅 하고 튕겨 나갔다. 그와 동시에 나래의 이빨들이 튀어 나가 교실 바닥에 떨어졌다.

당황한 나래가 교실 바닥에 엎드려 이빨을 주웠다. 지나가 거대한 몸을 구부려 도와주려다가 교정기를 밟았다.

"더러운 발 치워!"

나래가 지나를 떠밀었다. 지나의 거대한 몸이 휘청, 흔들렸다. 속이 텅 빈 풍선 인형처럼 너무나 맥없이 나가떨어졌다.

'얘들…… 별거 아니잖아?'

나는 미림이를 힐끗 보았다.

'미림이가 이렇게 아기 같았었나?'

순간, 목에 매달린 미림이 얼굴이 보였다. 미림이 얼굴은 조그맣게 쪼그라들어 작은 혹처럼 목에 달려 있었다. 대신 머리카락을 먹고 커다래진 아기의 얼굴이 미림이 얼굴이 있던 자리를 차지하고 있었다.

"까르르르."

천진난만한 아기의 웃음소리가 교실 가득 들어찼다.

모두 어느 부위가 발달하는 대신 다른 부분이 퇴화된 것 같았다.

아람이 역시 마찬가지였다. 머리칼을 키워 내느라 양분을 다 빼앗긴 아람이의 몸은 뼈가 불거져 나올 정도로 파삭하게 말라 있었다.

'뭐야? 다들 별거 아니잖아! 하!'

웃음이 나왔다.

나는 저벅저벅 걸어가 아기가 된 미림이를 밀어 버렸다. 미림이는 벌렁 드러누워 다리를 버둥거리며 울었다. 그 꼴을 보고 웃어 대는 나래의 입도 손바닥으로 밀어 버렸다. 남아 있던 이빨들이 투두둑 떨어져 나갔다. 나래는 교실 바닥을 기어 다니며 정신

없이 이빨을 주웠다. 지나가 거대한 몸을 흔들며 쫓아왔다. 나는 교실 창문을 다 열어 버렸다. 지나는 바람에 날려 교실 천장을 떠돌았다.

나는 손가락을 쫙 폈다. 기다랗고 구불구불한 손톱이 공작의 날개처럼 화려하게 펼쳐졌다.

'이제 내 손톱은 우습지 않아.'

내가 의기양양하게 서 있는데, 아람이가 부스스 일어났다. 그러고는 기지개를 쫙 폈다.

'뭐야? 저게 겁도 없이.'

나는 날카로운 손톱으로 아람이의 얼굴을 덮고 있는 머리카락을 확 젖혔다.

'혹시, 얼굴이 없는 거 아냐? 머리털로 다 뒤덮여서.'

내 예상과 달리 얼굴은 있었다. 붕어 같은 선주의 얼굴이.

내가 낸 손톱자국까지 있었다. 틀림없는 선주였다. 멍하니 서 있는데, 선주의 얼굴에 난 긴 손톱자국이 벌어졌다. 벌어진 피부가 마치 아가미처럼 들썩거렸다.

선주는 나를 힐끗 보더니 크게 하품을 했다. 지루한 것처럼. 이제 다 끝났다는 듯이. 물 밖에 버려진 물고기처럼 헐떡거리고 있는 주제에.

나는 한 번 더 손톱을 세워 선주의 얼굴을 후려쳤다. 그러자 선주의 얼굴에서 비늘 같은 것이 우수수 떨어졌다.

"악!"

비명을 지른 건 선주가 아니라 바로 나였다. 나는 선주를 때리느라 꺾인 손톱을 거머쥐고 헐떡거렸다. 선주는 씨익 웃으며 온몸을 털듯이 부르르 떨어 댔다. 그 애의 피부에서 비늘이 파르르 일어났다. 선주는 온몸이 비늘로 뒤덮여 있었다. 마치 갑옷 같았다. 손톱으로 된.

피부 깊숙이 박혀 있는 누군가의 손톱들이 비늘처럼 그 애를 뒤덮고 있었다.

나는 대사를 잊어버린 배우처럼 멍하니 서 있었다.

"쿡."

누군가 웃었다. 눈이 다섯 개나 달린 아이였다.

원래는 누구였지?

뒤에 앉은 아이가 연체동물처럼 긴 팔을 뻗어 그 애에게 주의를 줬다. 마치, 연극 중간에 웃음이 터져 버린 친구를 쿡 찌르며 '야, 웃으면 어떡해.' 하는 것처럼. 잠깐 동안 큭큭대던 그 애들이 다시 심각한 얼굴로 표정을 바꿨다.

나는 아이들을 둘러보았다. 모두 긴장한 것 같아 보이는, 두려운 것 같아 보이는 표정을 짓고 있었다.

'정말 두려운 걸까? 속으론 반쯤 드러누워 드라마를 감상하듯 나를 보고 있었던 건 아닐까? 내가, 지금 뭘 하고 있는 거지?'

내가 서 있는 곳은 교실 뒤가 아니었다.

손바닥만 한 무대 위였다.

과장스럽게 널브러져 있는 지나, 나래, 미림이는…… 괴물1, 2, 3? 그리고 나는, 괴물4?

아람이가 다시 몸을 비튼다. 먹잇감2. 아람이의 머리칼을 쓸자 선주 얼굴이 나온다. 먹잇감1.

그리고…… 관객들.

아니, 둘러선 괴물5, 6, 7, 8, 9, 10, 11, 12, 13…….

헉!

뒷걸음치는 내게 선주가 웃으며 다가왔다.

"오지 마!"

벽의 차가운 감촉이 등에 느껴졌다. 나는 다가오는 선주를 향해 손톱을 칼처럼 세우고 마구 휘둘렀다.

'잡혔다.'

정신을 차리고 보니 내 손톱은 선주의 빼곡한 머리칼에 걸려 있었다. 손톱을 빼내려고 잡아당길수록, 손톱은 더 깊이 머리카락에 엉켜들었다. 내 손톱은 발버둥칠수록 더욱 칭칭 감겨 오는 그물에 잡힌 물고기처럼, 꺾이고 부러진 채 선주의 머리칼에 휘감겨 들어갔다.

갑자기 숨이 찼다. 심장이 터질 듯이 헐떡였다. 아니, 내 심장은 내내 헐떡이고 있었다. 느끼지 못했을 뿐. 내 심장은 단단해진 게 아니었다. 아주, 아주 작아진 거였다.

길어진 손톱 대신, 손톱만큼 작아진 내 심장이, 희미하게 파닥거렸다. 죽어 가는 물고기 새끼처럼. 부러진 손톱에서 뚝뚝, 피가 흘러내리고 있었다.

고누다

난 그 교실에서 총을 쏜 거다.

20발의 총알을 가지고. 탕탕탕.

신나게 총을 쏘다가 마지막 한 발이 남았을 때,

누구나 그러하듯 나 역시,

잠시 뜸을 들인 거다.

아쉬운 마음에 주위를 둘러보았던 거다.

내게 보라는, 마지막 총알 이상의 의미는 없었다.

난 처음부터, 그리고 마지막에도 보라를 남겨 둘 생각은 없었다.

난 모두에게 손가락을 겨누고 있었으니까.

"진보라. 너…… 숙제 해 왔냐?"

내 말에 보라2가 한숨을 푹 내쉬었다.

"너도 참 답답하다. 할 말이 그렇게 없냐? 숙제가 뭐야, 숙제
가? 그리고 좀 자연스럽게 얘기할 수 없어?"

"자연스럽게?"

나는 한숨을 쉬며 침대에 벌렁 드러누웠다.

자연스럽지 않다고? 누가? 내가? 나를 뺀 이 세상 전부가 아니
라?

나는 이 세상이 마음에 안 든다. 나를 둘러싼 모든 사람들이 죄
다 역겹게만 느껴진다. 다들 그럴듯한 모습으로 포장하고 있지
만, 그 껍데기 안쪽도 그럴까? 보나마나 온갖 추잡하고 비열한
생각들로 가득 차 있겠지. 할 수만 있다면 그들이 쓰고 있는 가면

을 벗겨 들고 외치고 싶다.

봐! 넌 사실은 이런 인간이잖아!

나는 손가락으로 총 쏘는 시늉을 한다. 오른손의 엄지손가락을
세우고 두 번째 손가락으로 누군가를 겨눈 뒤, 오른쪽 눈을 감아
초점을 맞춘다.

빵!

보라2가 움찔하며 돌아본다. 곧 사나운 눈길로 나를 노려본다.

젠장. 내가 지금 뭘 하고 있는 거지?

머릿속이 멍하다. 몸도 멍하다. 마치 물속에 잠겨 있는 것처럼
답답하고 불쾌하다.

손바닥으로 얼굴을 비볐다.

오른손 두 번째 손가락. 이것 때문일까?

"또 그 짓이야? 내가 말했지. 기분 나쁘니까 나한테 총 쏘는 시
늉 하지 말라고. 다신 하지 마. 알겠어? 알겠냐고. 야! 고누다!"

고누다. 내 이름이다. 괴상한 이름만큼 괴상한 인간이 바로
나다.

"내 말 듣고 있는 거야?"

"응?"

"어유, 정말. 됐다. 하던 거나 마저 하자."

"됐어. 해 봤자 뭐 해. 어차피 나아지지도 않는데."

그 말에 보라2는 조금 누그러진 표정으로 내 옆에 앉았다.

172

"그래도 나하고는 잘하잖아."

"그건 너라서 그런 거고."

"그럼 나한테 하는 것처럼 하면 될 거 아냐. 내가 보란데."

"야, 네가 어떻게 보라냐? 넌 보라2고, 보라는 보라지."

"그래? 고누다, 넌 그렇게 생각한단 말이지?"

보라2가 입을 비틀며 웃었다.

덜컥. 덜컥.

누군가 방문을 열려고 했다. 우리는 화들짝 놀라 허둥거렸다. 애기에 열중하느라, 거실에 사람이 나와 있는 걸 눈치채지 못했다.

잠긴 방문 손잡이가 요란한 소리를 냈다. 방문 잠근 걸 이상하게 생각하겠지?

똑똑.

이번엔 노크 소리.

"야, 고누다. 자냐?"

누나다. 엄마가 아니라서 일단 다행이다. 누나는 짓궂긴 하지만 고자질쟁이는 아니다. 하지만 야비한 구석이 있어 약점이 잡히면 피곤해질 게 뻔하다. 나는 얼른 보라2를 옷장 속에 숨겼다.

"왜?"

문을 열면서 부러 퉁명스럽게 물었다. 누나는 짓궂은 표정으로 내 얼굴을 살폈다.

"수상하단 말이야. 문까지 잠그고."

누나는 방 안을 살피며 들어와 침대에 앉았다.

눈치챈 걸까? 한집에 살면서 낯선 여자애가 동생 방에 숨어 사는 걸 눈치채지 못한다는 게 더 이상한 일인지도 모른다. 역시나 너무 위험한 일을 저지르고 만 걸까?

누나는 한참 수다를 떨고 갔다. 누나 역시 평소 같지 않다.

뭔가 눈치챈 게 틀림없다. 그렇다면 일이 커지기 전에 빨리 해치우고 처리할 수밖에 없다. 내가 또 그 짓을 한 걸 가족들이 알게 된다면…….

처리한다. 보라2를?

마음이 복잡했다. 나는 불을 끄고 자리에 누웠다. 그리고 이런저런 생각을 하다 잠들어 버렸다.

'아. 보라2가 아직 옷장에 있는데…….'

잠결에 그런 생각을 하긴 했지만, 그냥 잤다. 혹시나 누나가 내 방에서 무슨 소리가 들리지 않나 귀를 쫑긋 세우고 문밖에 서 있을지도 모르는 일이니까.

'옷장에서…… 무서울 텐데…….'

뭐 어때. 어차피 진짜도 아니잖아.

내게는 좀 특별한 능력이 있다.

뭔가를 복제할 수 있는 능력. 그래 봤자 딱 하나만 더 만들 수 있지만. 그런 건 복제라기보다는 분신이라고 해야 할까? 그것들은 똑같지 않으니까. 비록 겉모습은 똑같지만, 한쪽이 실체라면 나머지 한쪽은 그림자에 가깝다. 당연히 실체 쪽은 강하고, 그림자 쪽은 약하다. 다시 말해 똑같은 걸 하나 더 만들어 낸다기보다는, 과학 실험에서 하나의 물질을 둘로 분리하듯, 성분을 나누어 둘로 만든다는 쪽에 더 가까울 것이다. 소금물에서 소금과 물을 분리해 내듯이 말이다.

어쨌든 이 이상한 능력은 내 두 번째 손가락에 있고, 능력을 발휘하는 방법은 황당할 정도로 간단하다.

두 번째 손가락으로 누군가를 겨누며 '둘'이라고 말하기만 하면 된다. 그러면 그 누군가는 정말 둘이 된다.

내가 꿈속에 사는 것처럼 늘 멍하고 불쾌한 기분이 드는 건 이 능력 때문인지도 모르겠다. 이렇게 비현실적인 능력을 가지고 있는데, 현실이 현실처럼 느껴지겠는가?

이 괴상한 능력이 발견된 것은 다섯 살 무렵이었다.

흐릿한 기억이긴 하지만 옆집 개가 계기였던 것 같다.

강아지였던 그 진돗개의 이름은 흰눈이. 이름 그대로 하얀 눈 같은 녀석이었다. 얼룩 한 점 없는, 짤막한 하얀 털로 뒤덮인 녀석은 정말이지 깨끗하고 눈부셨다.

나는 흰눈이에게 무척 집착했다. 그래서 날마다 갖고 싶다고 떼를 썼는데, 옆집 아주머니는 그런 내게 '우리 흰눈이가 둘이면 하나는 널 줄 텐데.' 하고 농담하곤 했다. 나는 그 농담을 진심으로 받아들였고, 흰눈이를 둘로 만들어야겠다고 결심했다.

어쩌면 나는 내게 그런 초능력이 있는 걸 이미 알고 있었는지도 모르겠다. 다만 그때가 내 능력과 관련해 내가 기억할 수 있는 최초의 사건일 뿐.

그날 역시 나는 흰눈이를 가지겠다고 골목길에 앉아서 떼를 쓰고 있었다. 엄마 아빠는 화를 냈고, 옆집 아주머니는 또 그 농담을 했다.

"둘이면 하나는 널 줄 텐데."

나는 눈앞에서 꼬리를 흔들고 있는 흰눈이를 가리키며 둘이 되라고 명령했다. 그 명령에 흰눈이는 정말 두 마리가 되었다.

모두들 충격을 받았다. 하지만 그게 내가 한 짓 때문이라고는 생각지 못하는 것 같았다.

그 이후로 나는 틈만 나면 뭔가를 둘로 만들었다. 어떤 것은 둘이 되고, 어떤 것은 둘이 되지 않았다. 둘이 되는 게 어떤 것들인지 어렴풋이 감이 왔을 무렵, 엄마 아빠도 내 능력을 믿기 시작했다.

눈앞에서 바퀴벌레가 두 마리가 되는 것을 보고, 엄마는 비명을 질렀다. 아빠는 멍하니 있다 퍼뜩 정신을 차리더니, 얼른 지갑에서 돈을 꺼냈다. 하지만 안타깝게도 돈은 둘로 변하지 않는 것 중 하나였다.

내 능력은 살아 있는 것에만 통하는 듯했다. 그중에서도 육체를 가지고 움직이는 것. 입이 있는 것.

엄마 아빠는 돈이나 귀금속에 능력이 통하지 않는 걸 여러 차례 확인한 뒤에, 내가 그 짓을 하는 걸 금지시켰다. 너무 위험하다는 것이었다. 왜 위험한지는 자신들도 잘 모르는 듯했지만.

누나만은 내 능력을 두려워하지 않았다. 그리고 끝까지 믿지 않았다. 똑똑한 누나는 내가 속임수를 쓴다고 주장했다. 잠깐 동안 환상을 보게 하는 거라고. 그건 꽤 설득력이 있었다. 왜냐하면, 둘로 변한 것은 곧 다시 하나가 되어 버렸기 때문이다.

나는 흰눈이를 가질 수 없었다.

흰눈이 역시 둘이 되자마자, 바로 하나가 되어 버렸다. 진짜가 가짜를 먹었기 때문이다. 가짜는 진짜의 바로 눈앞에 생겨났고, 진짜는 가짜가 생겨나자마자 가짜가 달아날 틈은커녕 비명을 지를 틈도 없이 덮쳐 아구아구 씹어 먹어 버렸다.

가짜는 역시나 허깨비 같은 것이었는지, 피 한 방울 흘리지 않고 진흙덩이처럼 일그러지며 흰눈이의 입안으로 들어갔다. 정말 환영 같았다. 실체가 존재하지 않는 영상.

하지만 그건 환영이 아니었다.

환영이 아니라는 걸 알게 된 날, 고양이를 둘로 만들었던 그 일요일을 나는 잊지 못한다.

나는 놀이터 구석에 웅크리고 앉아 친구 몰래 친구의 고양이를 둘로 만들었다. 품 안에 쏙 들어오는 작은 고양이, 귀여운 소리가 나는 방울을 목에 달고 있던 줄무늬 고양이. 나는 그 고양이가 미칠 듯이 갖고 싶었다.

나는 고양이를 둘로 만들자마자 가짜를 안고 뛰었다. 진짜가 쫓아왔다. 가짜는 몸을 한껏 오그리며 내 품속으로 파고들었다. 진짜가 내게 달려들었다. 진짜는 집에서 기르는 애완동물이 아니라, 광기 들린 짐승이 되어 눈을 뒤집으며 가짜를 물고 뜯었다. 품속의 고양이가 몸을 비틀고, 긁힌 팔에서 피가 흐르고, 심장이 터질 듯이 뛰었다. 진짜를 던지듯 떨쳐 내고, 무작정 집으로 뛰어 들어갔다. 가족들에게 들키면 안 된다는 걸 알고 있었지만, 너무 무서워서 다른 생각은 할 수가 없었다. 고양이를 데리고 숨어야 한다는 것 밖에는. 품속의 고양이는 이미 머리가 뜯어 먹힌 상태였다.

내가 조금만 더 영악한 아이였다면, 너덜너덜해져 이미 귀엽지 않은 가짜 고양이를 진짜에게 던져 주었을 것이다. 어차피 가질 수 없으니까. 어차피 가짜니까.

하지만 그럴 수 없었다. 내 품에 안긴 그것의 심장이 뛰고 있었기 때문이다. 따뜻했기 때문이다.

현관문 밖에서 진짜가 소름 끼치는 소리로 울어 댔다. 닫힌 문에 온몸을 부딪치면서.

방울이 툭, 떨어졌다. 내 품속에 안겨 오그린 채 죽어 있는 고양이에게서. 문밖에서 들리던 울음소리도 끊겼다. 진짜 역시 죽은 것이다.

그 광경을 보고 화가 난 엄마 아빠는 나를 정신을 잃을 정도로 때리고 며칠 동안이나 방에 가둬 놓았다.

하지만 그 후로도 나는 가족들 몰래 계속해서 그 능력을 사용했다. 쓸모없는 능력이었지만 진짜 재미를 발견했기 때문이다.

그건 바로 싫은 녀석을 둘로 만드는 놀이다.

내 목표물은 주로 인기가 많고 괜찮다는 평을 받는 아이들이다. 하지만 그건 그 아이들의 진짜 모습이 아니다. 모든 게 가짜다. 나는 정의로워, 나는 이해심이 많아, 그럴듯한 자기 모습을 즐기며 연기를 하고 있을 뿐이다. 사실은 인기가 떨어질까 봐 벌벌 떠는 겁쟁이들이다. 서로 위해 주는 척하지만 속으로는 서로 실패하길 바라는 비열한 놈들이다. 그게 그 녀석들의 진짜 모습이다. 난 그런 인간들이 너무나 싫다.

목표물이 정해지면 일단, 그 녀석이 혼자 있을 때를 기다린다. 이 과정에서 상당한 인내가 필요하다. 가식적인 인간들일수록 혼자 있는 걸 못 견디기 때문이다. 그래서 목표물의 사냥 순서가 바뀌는 경우가 종종 있다. 어차피 별 상관은 없는 일이지만.

마침내 목표물이 혼자 남으면 나는 여유롭게 다가가 총을 뽑아 들듯, 목표물에 두 번째 손가락을 겨눈다.

그리고 쏜다.

"둘!"

죽어라!

녀석은 무슨 일이 일어난지도 모르고 멍청한 표정으로 자신을 겨누고 있는 나를 본다. 그사이, 녀석은 픽 쓰러지는 대신 흔들리듯 서서히 나뉘며 둘이 되어 있다. 그리고 마침내 이마에 이빨이 콱 박히는 순간, 녀석은 정말 총이라도 맞은 것처럼 꿈틀하며 순간적으로 나를 응시한다. 그 순간이 가장 짜릿하다. 나는 녀석의 공포에 질린 얼굴을 향해 우월한 자의 미소를 짓는다. 그것도 잠시, 녀석은 금세 다 먹히고 만다. 잡아먹히는 쪽이 가짜긴 하지만, 어쨌든 그 녀석과 똑같은 얼굴을 가진 녀석이 잡아먹히는 모습을 구경하는 건 즐거운 일이다.

조금 아쉬운 점이 있다면, 아무리 마음에 안 드는 녀석이라도 한 번밖엔 할 수 없다는 거다. 한번 둘로 만들어졌던 녀석에게는 더 이상 내 능력이 통하지 않는다.

게다가 둘로 만들어져 난리를 겪었던 녀석들은 그 당시엔 내게서 도망치듯 달아나지만, 며칠이 지나면 나를 봐도 떨지 않았다. 너무 비현실적인 일이라 스스로도 믿지 못하는 눈치였다. 계속 내 앞에서 벌벌 떨었다면 더 재밌었을 텐데 말이다. 그래도 심심할 만하면 맘에 안 드는 새로운 녀석이 나타나 나를 즐겁게 만들었다.

보라2 역시 그런 식으로 만든 가짜다. 나는 고양이 이후로 가짜를 가질 생각은 아예 하지도 않았다. 그런 내가 보라2를 만들고, 지켜 낸 건, 모두 내 짝인 보라 때문이다. 보라를 친구로 만들기 위해서 보라2가 필요했으니까.

그렇다고 내가 보라와 사귀고 싶다거나, 그 애를 좋아하는 건 아니다. 단지, 보라가 내게 계속해서 말을 걸어오기 때문이다. 나를 싫어하지 않기 때문에. 그 애라면 내 친구로 만들 수 있을지도 모른다는 생각이 들었다.

왜인지는 모르겠지만 모두들 나를 싫어하고 피한다. 나는 시끄러운 아이가 아니다. 그렇다고 누구에게 시비를 걸지도 않는다. 아이들 역시 나를 싫어한다고 해도 노골적으로 싫은 티를 내거나, 시비를 걸어오거나 하진 않는다. 하지만 근본적으로 성분이 다른 물과 기름처럼 나는 다른 아이들과 섞여 들 수 없는 느낌이다.

내가 가진 능력 때문일까? 그래서 모두들 본능적으로 나를 피하는 걸까? 내가 자기들을 둘로 만들어 버릴까 봐? 그래 봤자 다시 원래대로 돌아가는데. 둘이 존재할 일은 없는데.

그저 더 월등한 나라는 인간이 싫은 걸까? 자신들은 하나같이 별 볼일 없는 보통 인간이니까. 하긴, 나 역시 보통 인간인 그들이 싫다. 하나같이 재미가 없으니까. 시시하니까. 유치하니까. 재수 없으니까.

하지만 친구는 가지고 싶다.

언제부터인가 늘 혼자다. 나를 뺀 모두가 같은 편에 서 있는 것만 같다. 그들이 조용히 나를 관찰하고 구경하는 것 같은 이상한 기분이 든다. 그걸 참을 수가 없다.

그래서 보라를 친구로 만들기로 했다. 하지만 어떻게 해야 친구로 만들 수 있는 건지 알 수 없었다. 내겐 연습이 필요했다. 그래서 보라의 분신인 보라2를 만들어 연습하기로 한 것이다.

물론 만드는 방법은 아주 간단하다. 총을 쏘면 된다. 문제는 그다음부터다. 어떻게 진짜로부터 가짜를 보호할 것인가? 어떻게 진짜에게 들키지 않고 가짜를 만들어 낼 수 있을 것인가?

나는 보라2를 만들기까지, 날마다 이 생각에만 골몰했다. 심지어 보라가 말을 걸어와도 그 대화에 집중할 수 없을 정도였다.

"야! 집에 안 가냐고!"

보라가 버럭 화를 냈다. 그제야 내가 텅 빈 교실에 멍하니 앉아 있는 걸 깨달았다.

"야. 너는 내가 사람으로 안 보이냐?"

보라가 씩씩거리며 나가 버렸다. 나도 멍하니 교실을 나섰다. 그 순간, 방법을 찾았다. 텅 빈 복도. 등을 보이며 걷는 보라. 뒷모습.

왜 이제까지 몰랐지? 이렇게 쉬운 방법이 있는데!

가짜는 늘 등 뒤에서 덮쳐 오는 진짜에게 맥없이 잡아먹혔다.

언제나 그랬다. 한 번도 예외는 없었다. 그래서 나는 바보같이 그렇게만 믿었다. 가짜는 늘 진짜의 바로 코앞에 생겨난다고.

하지만 내가 생각지 못한 변수가 있었다.

바로 나.

난 늘 목표물의 얼굴을 보고 손가락을 겨눴다. 겁에 질린 얼굴이 보고 싶어서.

가짜와 진짜는 한 몸에서 나뉘는 것이므로, 뒤에서 진짜가 가짜를 먹기 전에는 둘이 한 몸처럼 보일 정도로 바싹 붙어 있다. 그리고 나는 그것들과 꽤 떨어져 있어 거리 차가 있긴 하지만, 어쨌든 우리의 위치는 늘 같은 순서로 배열되었다.

나, 가짜, 진짜.

한마디로, 가짜는 나와 진짜 사이에 생겨나는 것일 수도 있다.

만약, 내가 목표물의 얼굴이 아닌, 등을 보고 쏘면 어떻게 될까?

가짜가 진짜의 앞쪽에 생긴다는 가정이 맞다면, 내가 진짜의 등을 쏜다 해도 우리의 위치는 나, 진짜, 가짜 순이 된다. 이 경우 내가 진짜 몰래 가짜를 빼돌리는 건 불가능하다.

하지만 후자의 경우, 즉 가짜가 나와 진짜 사이에 생겨난다는 가정이 맞다면 우리의 위치는 나, 가짜, 진짜가 되고, 진짜는 자신의 등 뒤에 생긴 복제물을 볼 수 없을 테니, 눈치채지 못하게 가짜를 빼돌릴 수 있을지도 모른다. 진짜가 돌아보지만 않는다면 말이다.

이 가정이 맞다 해도 성공할 확률은 얼마나 될까? 등 뒤라 해도 둘은 상당히 밀착해 있다. 한 존재가 세포분열을 하듯 서서히 둘로 나뉜 것이니까. 그런데도 모를 수 있을까?

사실, 그리 확신은 들지 않았다. 하지만 나는 주저 없이 보라의 등을 향해 손가락을 겨눴다. 어차피 실패해도 내가 손해 볼 건 없으니까.

나는 보라의 뒤통수에 손가락을 겨눈 채 등 뒤로 바싹 다가가 속삭였다.

"둘."

보라가 둘로 나뉘었다.

나는 재빨리 내 앞에 있는 보라를 잡아 입을 막고, 근처 교실로 끌고 갔다. 보라는 자신의 등 뒤에 복제물이 생겨난 것도 모르고 계속해서 걸어가고 있었다. 그러다, 급한 일이 생각나기라도 했는지 뛰기 시작했다. 이윽고 보라는 계단을 뛰어 내려가 우리 눈앞에서 사라졌다. 내가 잡아 온 보라는, 예상대로 가짜가 맞았다. 가짜는 겁에 질려 덜덜 떨고 있었다. 나는 가짜 보라에게 웃으며 인사했다.

"살았네."

"고누다. 너…… 숙제 해 왔냐?"

보라가 자리에 앉으며 물었다.

"응."

더 이상 대화가 이어지지 않았다. 보라2와 연습한 지 벌써 일주일째인데도 나는 여전히 보라를 친구로 만들지 못했다. 달라진 게 있다면 오히려 보라 쪽이다. 보라는 요즘 부쩍 적극적이다.

보라는 줄줄이 말을 늘어놓았다. 따분한 숙제 얘기, 유치한 드라마와 연예인 얘기. 정말 지루하고 재미없었다. 하지만 친구를 갖기 위해선 참아야 하는 거겠지.

나는 보라의 말을 들으며 어제 보라2와 나눈 얘기를 떠올렸다.

—그렇게 되면 정말 굉장할 거야.

—뭐가?

—네가 한번 둘로 만들었던 인간에게도 네 능력이 계속 통한다면 말이야.

—그게 왜?

—생각해 봐. 너한테 당한 상대는 네 능력을 알 거 아냐? 그럼 네가 그 애한테 또 둘로 만들어 버리겠다고 협박을 하면, 이번엔 자기가 잡아먹힐지도 모르니까 무서워서 네 말을 잘 들을 거 아냐. 그렇게 되면 넌 네 멋대로 조종할 수 있는 거야. 모두를.

—그럴듯한데. 하지만 그건 네가 잘 몰라서 하는 말이야. 잡아먹히는 쪽은 늘 가짜야. 그러니 몇 번이고 둘로 만들 수 있다 해도 진짜는 겁먹을 필요가 전혀 없는 거지. 몇 번이고 가짜를 잡아

먹으면 되는 거니까.

나는 아차 했다. 보라2의 얼굴이 딱딱하게 굳어 있었다.

언제나 잡아먹히는 쪽은 가짜. 보라2 역시 가짜.

보라2는 몰랐던 거다. 자신이 언젠가는 잡아먹히고 말 운명이라는 걸.

휴. 지금은 이런 걸 생각할 때가 아니다. 보라를 친구로 만드는 게 무엇보다 중요하다. 일단, 친구를 만들겠다고 결정하고 나니, 마음이 급해졌다. 이제까지 친구가 없었던 걸 어떻게 견뎠을까 싶을 정도로 조급해졌다. 그런데도 나는 보라의 얘기에 집중하지 못하고 건성으로 대답하고 있었다.

"너, 권장도서목록에 있는 책들 다 읽었어?"

보라가 다시 말을 걸었다.

"조금."

"뭐 뭐 읽었는데?"

"뭐 대충."

이 애와 이 지루한 대화를 계속하는 것 자체가 내겐 노력이다.

"……오늘도 늦어? 다들."

"그렇지 뭐."

"그럼. 혼자 있겠네?"

"응……."

잠깐, 왜 이런 얘기를 하고 있는 거지?

나는 보라를 똑바로 쳐다봤다. 보라는 그런 나를 향해 천천히 미소 지었다. 순간, 나를 둘러싸고 있던 미지근한 공기가 서늘하게 식는 느낌이 들었다.

수업을 마치고 교실을 나서는데, 보라가 다가왔다.

"같이 가자."

"으응."

아이들이 우리를 힐끔거렸다. 수업이 끝난 한가로운 시간에 내가 여자애, 아니 누군가와 같이 걷고 있다.

나는 수업을 마치고 교실을 나와 운동장을 가로질러 학교를 벗어나기까지의 그 시간을 싫어했다. 우르르 몰려나온 아이들 틈에서, 둘 셋씩 짝을 지어 시끄럽게 떠들어 대는 아이들 속에서 혼자 걷는 건 신경 쓰이는 일이니까. 더군다나 그 대부분이 아는 아이들일 때, 나를 힐끔거릴 때 더욱 불쾌해진다.

봐. 나도 혼자가 아니지? 나도 친구가 있지? 게다가 보라는 꽤 예쁘다.

나는 모두에게 과시하듯 걸었다. 그 기분에 너무 젖어 있었던 걸까? 어느새 우리 집이 보였다.

걸음이 느려졌다.

이 애는 왜 계속 같이 가고 있는 거지?

"너희 집도 이 근처야?"

내 질문에 보라는 비웃는 표정으로 나를 봤다.

설마 지금, 내가 이 애를 우리 집으로 데려가고 있는 건가? 보라2가 있는 곳으로?

그럴 순 없다. 그래선 안 된다. 무슨 핑계를 대고 돌려보내지? 하지만 무슨 생각인지 몰라도 여기까지 왔는데, 보라가 쉽게 포기할 리 없다.

나는 일부러 다른 골목으로 들어섰다.

"야, 고누다. 집에 안 가냐?"

보라는 나를 비웃으며 우리 집을 향해 걸어갔다. 이미 알고 있다. 하긴, 집을 알아내는 것쯤, 쉬운 일인지도. 나는 보라를 쫓아가며 어떻게 따돌릴지 궁리했다.

이 애는 도대체 어디까지 아는 걸까? 그저 본능적으로 보라2가 있는 곳을 아는 걸까? 갖가지 생각을 하면서도 나는 잠자코 보라 뒤를 따르고 있었다.

문을 열어 줘선 안 돼.

하지만 이미 나는, 현관 앞에서 열쇠로 문을 열고 있었다.

보라2를 만든 건, 보라를 친구로 만들기 위해서다. 지금 문을 열지 않는다면, 보라와 싸우게 될지도 모른다. 하지만 문을 열면 보라2가 위험하다. 하지만, 하지만 어차피 보라2는 목적만 이루면 처치할 생각이었다. 지금이 그때인지도…….

적절한 때에 보라가 찾아와 준 거야. 그래. 둘이 계속 함께 존재할 수는 없으니까. 들킬까 봐 조심하며 숨겨 두는 것도 피곤한 일이고. 보라2가…… 없어져야 해.

"잠깐만. 방 좀 치우고."

나는 보라를 거실에 두고 혼자 방으로 들어갔다. 최대한 자연스럽게 행동하려고 했지만 이미 얼굴이 땀으로 축축했다. 나는 조심스럽게 문을 잠갔다. 그리고 옷장으로 다가갔다.

보라2가 깔깔거리며 웃는 모습이 떠올랐다.

옷장을 향한 손이 쉽게 결정을 내리지 못했다.

보라2를 보라에게 내준다. 그럼, 보라2는 이제까지 내가 봐 왔던 수많은 가짜들처럼 진짜의 손에 일그러져…….

지난 6일간의 시간이 스쳐 지나갔다. 벌벌 떨며 공황 상태에 빠져 있던 첫날부터 어느새 상황을 즐기며 키득거리던 어제까지. 목소리를 낮추고 비밀스럽게 나눈 수많은 이야기들이. 시시각각으로 변하던 그 아이의 표정이.

창문에 눈이 갔다. 창문 밖으로 도망치게 할까? 하지만 창문엔 방범용 창살이 설치되어 있다. 나는 천천히 내 방을 둘러보았다.

숨어 있기엔 방이 너무 단순했다. 보라는 단번에 옷장을 의심할 게 뻔하다.

거실에 있는 보라가 화장실에 가거나, 다른 방에 들어가 있는 사이에 거실을 가로질러 이 집을 빠져나가게 하는 수밖에 없다.

옷장을 천천히 열었다.

보라2는, 집 안으로 보라를 끌어들인 나를 비난하겠지?

없다!

보라2가 없다. 어딜 갔지?

보라2는 늘 옷장에 있었다. 내가 옷장 문을 열었을 때마다. 하지만 내가 집을 나가 있는 긴 시간 내내 옷장에만 있었을까? 깜깜한 옷장 속에 갇혀 하루 종일 지낼 리 없는데, 그것도 아무도 없는 텅 빈 집에서. 그렇다면 지금쯤 보라가 온 것도 모른 채 집 안 어딘가에 있을지도 모른다. 위험하다. 보라가 언제 보라2를 찾아낼지 모른다. 나는 다급하게 문을 열고 나왔다.

다행히 보라는 그때까지 소파에 앉아 있었던 것 같았다.

"마, 마실 것 좀 줄까?"

나는 진땀을 흘리며 주방으로 갔다. 포도 주스를 컵에 따르며 곳곳을 살폈다.

없다.

주방과 이어진 베란다에도. 그 옆 창고에도.

없다.

"뭐 찾아?"

화들짝 놀라 돌아보았다. 들고 있던 컵에서 주스가 출렁이며 보라의 옷에 튀었다. 하얀 블라우스 가슴팍에 선명한 포도빛 얼룩이 졌다.

"미, 미안."

보라는 내가 들고 있던 컵을 뺏듯이 가져가더니 주스를 마셨다. 그리고 거실을 가로질러 내게 묻지도 않고 곧장 안방으로 들어갔다.

보라2를 찾고 있는 건가?

보라가 보라2를 찾기 전에 내가 먼저 찾아야 한다.

"자, 잠깐만……."

보라는 다시 방에서 나와 화장실로 향했다. 분명 보라2를 찾고 있다. 나는 보라를 앞질러 가 화장실 문을 막아섰다.

"자, 자, 잠깐만."

보라는 피식 웃더니, 나를 밀쳐내고는 화장실 문을 열었다.

없다.

보라는 화장실 안에 아무도 없는 걸 확인하자, 그대로 걸음을 옮겨 집 안 곳곳을 뒤지고 다녔다. 나는 하얗게 질린 얼굴로, 말을 더듬어 대며 보라를 쫓아다녔다.

"왜, 왜, 왜 이래? 여, 여긴 우, 우, 우리 집인데 이, 이렇게 네 마음대로 뒤, 뒤지고 다니면……."

"왜? 아직 걔한테 볼일이 남았어?"

보라가 나직하게 쏘아붙였다.

"뭐?"

집 안 전체에 차가운 정적이 흘렀다. 보라는 모든 걸 알고 있다.

보라는 마지막으로 누나 방을 뒤졌다.

없다.

보라2는 이 집에 없다.

"휴—."

안심이다. 보라가 온다는 걸 알고, 달아난 게 틀림없다.

"하하하하하하하."

보라가 웃음을 터뜨렸다.

왜 웃는 거지?

"넌 정말 속이 뻔히 다 보인다니까. 방금 보라2가 밖으로 달아 났다고 생각하고 안심했지?"

배를 그러쥐고 웃어 대던 보라가 얼굴을 굳히며 말했다.

"그건 네 생각이지. 보라2는 바로 여기 있어. 여기."

보라가 자신의 배를 가리키며 말했다.

"안 돼……."

숨이 막히고 피가 거꾸로 솟아올랐다.

"먹……었어? 먹었어!"

내가 방에 있을 때? 주방에 있을 때? 언제? 도대체 언제? 보라 에게 잡힌 보라2가 내 등을 향해 손을 뻗는다. 끽 소리조차 내지 못하고 버둥거리며 보라의 손에 일그러진다. 내가 있는 이 집 안 에서? 내 등 뒤에서?

보라를 데려오는 게 아니었다. 문을 여는 게 아니었다. 눈앞이 아득해져 왔다.

"울어? 우는 거야? 하. 야! 너 왜 이래? 왜 우는 거야? 그새 보라2를 좋아하기라도 한 거야? 친구라도 된 거야?"

친구.

보라2가 친구.

가짜인데. 가짜일 뿐인데. 진짜 보라는 이렇게 눈앞에 있는데. 왜 눈물을 멈출 수가 없는 거지?

"웃기고 있네. 진짜. 야, 그만해."

보라가 내 다리를 툭툭 차며 말했다. 참을 수 없다.

"바로 눈앞에 있는데도 못 알아보면서 친구는 무슨 친구."

바로 눈앞에 있다고?

놀라서 보라를 쳐다봤다.

"도대체 넌 뭐냐?"

보라가 물었다. 그건 내가 묻고 싶은 말이다.

도대체 넌 누구야?

"가짜라고 사람 취급도 안 할 땐 언제고, 이제 와서 질질 짜는 건 또 뭐야?"

정말 보라2인가? 그럼 보라는 어디에 있는 거지? 분명 같이 집에 왔는데.

"그동안 너보다 먼저 집에 도착하려고 힘 좀 들었어. 이제 그만하려고. 보라에겐 보라의 삶이 있으니까. 아쉬워. 들킬까 봐 아슬아슬한 게 재밌었는데 말이야. 내가 이런 유치한 장난을 좋아하거든. 유치하고 지루하고 따분하고 뻔한 보라니까!"

빙글빙글 돌아가는 회전목마를 타고 있는 기분이다. 어디가 앞이고 어디가 뒤인지, 내가 어디에 있는지, 알 수 없다.

이건 말이 안 돼. 보라2가 보라를 없앤 거라고? 내가 만난 보라가 보라2라고?

보라와 보라2는 다르다. 진짜와 가짜. 엄연히 다른 존재다. 내가 보라2를 알아보지 못했을 리 없다. 보라2와 나눈 수많은 이야기들. 함께 있었던 시간들. 알아채지 못했을 리 없다.

"거짓말하지 마. 넌 보라야. 보라니까 이런 재미없는 장난을 하는 거야. 넌 유치하고 재수 없으니까. 보라2는 이렇지 않아. 보라2는 어딨어? 어딨냐고!"

"진짜 짜증 나서. 네가 그랬지? 보라는 보라고, 보라2는 가짜일 뿐이라고. 아니야. 보라는 보라고, 보라2도 보라야! 아. 그래, 그래. 아주 조금 다르긴 하지. 나뉜 순간부터 다른 경험을 하니까. 시간이 오래 지날수록 달라지겠지. 하지만 같은 사람이 서로 다른 사람이 된다는 건 말이 되지 않아. 같은데 어떻게 달라? 하나인 동시에 둘인 게 말이 되냐? 그러니까 한쪽이 없어져야지. 물론, 너 때문에 그런 말도 안 되는 일이 생길 뻔했지. 하지만 넌 내가 보라를 찾아 학교에 갔을 때도, 나를 알아보지 못했어. 네가 나를 안다고? 아니 넌 날 몰라. 날 모르는데 그 차이를 어떻게 구별해? 보라 역시 마찬가지야. 넌 보라를 잘 알지도 못하면서, 유치하고 지루하고 따분하고 뻔하다고 말했지. 그런 얘기를 잘도 나한테 했지. 내가 몇 번을 말해! 내가 보라고 보라가 나라고!"

"그럼 넌, 가짜야?"

"가짜? 가짜는 네가 멋대로 만들어 낸 빤한 보라가 가짜지. 네 머릿속에 있는 보라야말로 가짜라고! 지금 네 눈앞에 있는 난 진짜고!"

"넌 도대체 누구야!"

머리가 윙윙 울리도록 악을 썼다. 온몸이 저려 왔다. 무서웠다. 눈앞에 있는 것이 무서웠다.

"네 친구. 아니 한때는 네 친구였지."

눈앞에 있는 것이 입을 비틀며 웃었다. 보라2?

그래 보라2다. 보라2가 확실하다. 보라2가 살아남았어!

그런데 하나도 기쁘지 않다. 좀 전까지 보라2가 무사하길 그렇게 원했는데. 눈앞에 있는 것이, 보라2가 무서워서 몸이 바들바들 떨렸다.

"그, 그럼 진짜는?"

"내가 먹었지."

말도 안 돼. 그런 일은 있을 수 없어. 그건, 그건 법칙에 어긋나니까!

"넌 네가 특별하고 뛰어난 인간인 줄 착각하지만, 넌 융통성 없는 멍청이일 뿐이야. 넌 가짜가 너와 진짜 사이에 생긴다고 말했지?"

보라2가 바싹 다가온다. 내 얼굴에 그것의 숨결이 훅 끼친다. 포도 주스 냄새가 난다.

"잘 들어. 이제부터 내가, 네가 만들어 낸 가짜인 내가 진실을 가르쳐 줄 테니까."

빙글빙글. 모든 것이 회전하고 있다. 배 속이 울렁거린다. 금방이라도 구역질이 올라올 것 같다.

"가짜는 너와 진짜 사이에 생기는 게 아니야. 우연히 위치가 그래 보였던 것뿐이지. 가짜는 늘 진짜의 등 뒤에 생겨나는 거야. 너 따위 상관없이. 왜냐고? 가짜는 존재하면서부터 진짜를 없앨 목적을 갖고 있거든. 그래서 등 뒤에서 탄생하는 거야. 알겠어? 잡아먹히는 건 진짜야! 언제나, 언제나, 언제나! 조금만 생각을 비틀어 봤다면, 금방 알아냈을 텐데. 네가 믿고 있는 것과는 달리, 늘 먹히는 쪽이 가짜가 아닐 수도 있다는 걸 말이야."

진흙덩이처럼 일그러지는 게 진짜라고? 그렇게 쉽게 허물어져 먹히는 게 진짜일 거라고, 상상조차 할 수 없었다. 어떻게 진짜가 그렇게 약할 수 있지? 진짠데. 진짜는 소금물의 소금처럼 물이 증발해 사라져 버리든 말든 어떤 형태로든, 언제까지나 그 자리에 남아 있어야 하는 거 아냐?

"하긴, 넌 아예 의심할 필요가 없었지. 넌 처음부터 그렇게 믿고 싶었던 거니까. 그래야 네가 한 짓에 죄책감을 느끼지 않을 테니까 말이지."

보라2가 낄낄거리며 나를 비웃었다. 나는 흘러내리듯 주저앉
았다.

남는 건 가짜.

개벌레사람고양이사람개사람고양이개고양이벌레사람사람사
람…… 이제껏 내가 둘로 만들었던 것들이 끊임없이 떠올랐다.

많다. 너무 많다.

머릿속이 터질 것 같았다. 정리조차 되지 않는 그 무수히 많은
것들을 모두, 내가 가짜로 만들어 버린 거야?

김가람한지영최우람나대영김주현이경수오유진유수원서지용
정성우최민주박은혜강수민 또, 또 누가 있지? 누가…… 있지?

"내가 왜 너한테 관심을 보였는지 알아? 네가 왜 하필이면 나
를 선택했을까?"

진보라.

그 교실에 마지막으로 남아 있던 진짜.

"넌 진짜가 단 한 명만 남았다는 걸 직감적으로 안 거야. 게다
가 아이들이 너한테 당한 게 자신만이 아니란 걸 알아채고 서서
히 뭉치기 시작했다는 것도 눈치챘지. 그래서 부랴부랴 날 친구
로 만들려고 한 거야. 위기의식을 느낀 거지. 그런데 이게 웬 코
미디야? 마지막 남은 진짜를 갖기 위해 진짜를 가짜로 만들어 버
리다니. 넌 정말 알면 알수록 불쌍한 인간이야."

교실 한가운데 서 있는 내가 보인다.

교실이 빙글빙글 돌아간다. 나는 나를 둘러싼 모두를 향해 가슴을 활짝 펴고 보란 듯이 손가락을 겨누고 서 있다. 그들이 나를 본다. 빤히 본다. 작고 바싹 마른 몸을, 불안하고 자신 없는 얼굴을, 덜덜 떨리는 손끝을. 눈을 질끈 감는다.

탕!

"죽이고 싶었지?"

필사적으로 고개를 저어 보지만 좁은 목구멍 너머로 대답이 나오지 않는다.

"싫어했잖아. 없어지길 원했잖아. 죄다. 몽땅 다. 네가 왜 우리 모두를 그렇게 싫어한 줄 알아?"

난 보라가 좋아서 남겨 두었던 게 아니다. 그저 마지막이 그 애였던 것뿐. 난 그 교실에서 총을 쏜 거다. 20발의 총알을 가지고. 탕탕탕. 신나게 총을 쏘다가 마지막 한 발이 남았을 때, 누구나 그러하듯 나 역시, 잠시 뜸을 들인 거다. 아쉬운 마음에 주위를 둘러보았던 거다. 내게 보라는, 마지막 총알 이상의 의미는 없었다. 난 처음부터, 그리고 마지막에도 보라를 남겨 둘 생각은 없었다. 난 모두에게 손가락을 겨누고 있었으니까.

"가질 수 없으니까. 네가 가질 수 없다는 걸 아니까. 내 말이 틀려?"

넓은 교실에 나 혼자 서 있다.

"고누다. 친구는 가지는 게 아니야. 사귀는 거지. 하지만 문제

198

는 이젠 그 누구도 너와 사귀려 들지 않을 거라는 거지. 우린 이제 예전의 우리가 아니니까. 네가 다 죽여 버렸잖아."

시체 더미 한가운데 내가 서 있다.

그 시체들이 서서히 일어나 나를 향한다. 시체들로 이루어진 원이, 나를 가둔 원이 무서운 속도로 좁아진다.

저리 가!

그것들을 향해 손을 겨누려 하지만, 빽빽하게 박힌 해바라기 씨처럼 나를 둘러싸고 있어 손을 뻗을 수가 없다. 몸을 움직일 수도 없다. 사방에서 밀려드는 터질 것 같은 압박만이 느껴질 뿐이다. 그 와중에도 나는 주위를 둘러본다. 누구 없어? 여기서 나를 꺼내 줄 누구 없어? 그것들이 나를 보고 있다. 하나같이 똑같은, 차가운 눈빛으로. 소외감이 밀려든다.

울고 싶다.

왜 이렇게 되어야만 하는 걸까? 난 그저 조금 외로웠을 뿐인데. 내가 왜 이런 무서운 상황에 내몰려야 하는 걸까? 난 단지 누군가를 둘로 나누는 능력이 있고 그걸 사용했을 뿐인데.

"총을 가지고 있다고 해서, 누구나 그 총을 사용하진 않지. 그 것도 사람을 향해서."

보라2가 냉랭하게 말했다. 나는 궁지에 몰려 빠져나갈 구멍을 찾는 짐승처럼 허둥거렸다.

"그건 그렇고 진짜 웃기지 않냐?"

보라2가 천박하게 웃으며 컵에 남은 포도 주스를 마저 마셨다. 내 시선이 그 보라색 액체를 따라 내려갔다. 꿈틀거리는 하얀 목을 지나, 그 아래 가슴께까지. 시선이, 블라우스에 진 보라색 얼룩에 가 멎는다. 피 같다. 그래 넌 가짜지. 문득, 저것의 몸속에는 빨간색이 아닌 보라색 피가 흐르고 있지 않을까, 하는 엉뚱한 생각이 머리를 스쳤다.

"넌 진짜가 아닌 나를 더 좋아했잖아. 훨씬. 왜 네가 나와는 즐겁게 얘기할 수 있었는지 알아? 그건 내가 곧 사라질 거라고 믿었기 때문이야. 넌 나를 없앨 계획이었으니까. 네 볼일 다 보고 나면 말이지."

사실이다. 어차피 없어질 가짜. 무슨 얘기든 터놓고 할 수 있었다. 친구로 느낄 정도로 정이 들 줄은 몰랐지만.

"네가 왜 나를 친구로 느끼게 됐을까? 정이 들어서? 아니야. 넌 나를 마음만 먹으면 가질 수도 있다고 착각했기 때문이야. 세상에 가질 수 있는 존재가 어딨냐?"

보라2가 입가를 쓱 문질러 닦았다. 보라색 액체가 번지면서 입가에 희미한 얼룩을 남겼다. 그걸 보고 있자니, 신경을 찌르는 듯한 짜증이 일었다.

"그래서 뭐?"

내가 짜증을 누르며 고개를 쳐들었다. 소파에 걸터앉아 있던 보라2가 몸을 일으켰다.

저것의 말은 맞다. 난 보라2를 가짜라서 좋아했다.

"그래서 뭐 어쩌라고?"

목에 힘이 들어갔다. 보라2가 당황한 듯 대답을 하지 못했다.

"그래. 너 같은 거 처리하면 그만이니까 편했어. 원래 인간은 다 그런 거 아냐? 그렇게 느끼는 게 죄야? 가질 수 있는 존재가 어딨냐고? 왜, 있으면 안 돼?"

울컥, 배 속에서부터 뭔가가 치민다.

"왜? 나는 좀 가지면 안 돼? 안 돼? 왜? 왜 가지면 안 되는 건데? 세상에 가질 수 있는 존재가 있으면 안 돼? 너, 가짜잖아. 진짜도 아닌 찌꺼기를 가지겠다는데, 뭐 문제 있어?"

억울해.

"내가 다 죽여 버렸다고? 그럼 지금 지껄이고 있는 넌 뭐야? 나는 둘로 나눴을 뿐이잖아. 정작 진짜를 죽인 건 가짜잖아. 바로 너잖아!"

생각이 여기까지 미치자, 터질 것처럼 부풀어 있던 뇌가 오히려 피식 바람 빠지는 소리를 내며 가라앉았다. 머릿속이 선명해졌다. 혼란이 불러왔던 공포가 분노로 바뀌어 있었다. 나는 보라2의 시선을 맞받아치며 한 발 한 발 다가갔다.

"생각해 보면 넌 오히려 나한테 고마워해야 하는 거 아냐? 어쨌든 넌 살았잖아. 가짜인 주제에 이렇게 살아서 나를 속이고, 놀라게 하고, 나한테 설교까지 하고 있잖아. 그런데 왜 나를 원망하는 거야? 왜 나를 비난해? 왜 나를 미워해? 이딴 얘기를 지껄이는 이유가 뭐야!"

위협적으로 다가갔다. 보라2는 물러서지 않고 꼿꼿하게 서 있었다. 내가 바싹 다가갈 때까지. 보라2에게서 포도 주스 냄새가 혹 끼쳤다. 보라색 피가 흐르는 가짜. 찌꺼기. 괴물. 나는 보라2를 확 떠밀었다. 보라2가 짧은 비명을 지르며 바닥에 엎어졌다. 하지만 보라2는 곧바로 고개를 쳐들고 말했다.

"고마워하라고? 네가 그 손가락으로 나를 겨누기 전에, 난 가짜가 아니었는데? 난 그저 나였어. 진짜니 가짜니 하는 건 생각할 필요가 없었다고. 네가 그 손가락으로 진짜인 나와 가짜인 나를 나누기 전에 난 그냥 나였다고. 왜 내가 가짜가 돼야 해? 다 너 때문이잖아!"

짜증 나. 보라2를 힘껏 걸어찼다. 짜증 나, 짜증 나, 퍽! 퍽! 보라2가 몸을 오그렸다. 겁에 질린 고양이처럼. 숨을 헐떡였다.

보라2가 비명도 지르지 못하고 몸을 비틀어 대는 모습을 보자, 더럭 겁이 났다. 가짜든 뭐든 힘이 약한 여자애일 뿐이다. 나도 모르게 마음이 흔들려 몸을 숙이고 그 애를 살펴보려 했다. 하지만 이내 덫에 걸려들지 않으려는 짐승처럼 몸을 뒤로 빼며 말했다.

"그, 그게 내 잘못이야? 모든 건 네가 살아남았기 때문이잖아. 네가 죽었으면, 아무 문제 없었을 거 아냐? 네가 죽고 진짜를 살렸으면 되는 거잖아."

보라2를 걷어찬 다리가 덜덜 떨려 왔다.

"하, 그래? 고누다 넌, 그렇게 생각한단 말이지."

배를 그러쥔 보라2가 고통을 눌러 참으며 쥐어짜듯 말했다.

"너라는 인간은 정말, 정말 참을 수가 없어."

보라2가 빨갛게 충혈된 눈을 들어 나를 봤다. 놀랍게도 보라2
의 얼굴은 분노가 아니라 동정으로 가득 차 있었다. 예상치 못한
보라2의 반응이 당황스러웠다. 보라2가 입을 벌리며 몸을 일으
켰다. 나는 보라2의 시선에 밀리듯 뒷걸음쳤다. 침착하게 식어
있던 뇌가 흔들리며 다시 뜨겁게 부풀어 오르기 시작했다.

보라2는 능숙한 배우처럼 내 감정을 제멋대로 뒤흔들고 있다.
낯설다. 이 애는 누구지? 보라2는 어떤 인간이지? 알 수 없는 것
이 눈앞에 있다. 이제껏 내가 알았던 보라라는 아이가 흔적도 없
이 사라진다. 어떤 게 가짜지? 보라? 내 눈앞에서 연기를 하고 있
는 이것?

"넌 이기적이고 잔인하고 불쌍한 인간이야. 뼈가 뒤틀려서 자
라지 못하는 어린애야."

보라2의 얇은 입술이 움직인다. 연극 같은 그 대사가 주문처럼
내 허파를 움켜쥔다. 보라2는 눈물을 흘리고 있다. 어쩌면 연기
가 아닌지도 몰라. 나는 어느새 그 말에 사로잡히고 만다.

"왜 하필이면 내가 살아남았냐고? 진짜가 아닌 내가 살아남았

냐고? 넌? 네가 나라면 죽을 수 있어? 가짜니까 죽어도 된다고? 왜 언제나 가짜가 살아남는지 알아? 왜 가짜가 더 강한지 알아? 생겨날 때부터 분노를 가지고 있기 때문이야. 가짜라는 사실이 우리를 참을 수 없게 만들어. 나는 이렇게 살아 있고, 나는 나일 뿐인데, 진짜가 있기 때문에 가짜가 돼야 하는 거잖아. 그래서 우리는 존재하는 순간부터 나를 먹어야 한다는 식욕으로 꽉 차 있어. 꼭 좀비 같지. 그래야 진짜가 되니까. 넌 자신을 먹는 기분이 어떤 건지 알아? 얼마나 절박한지. 얼마나 무서운지."

가짜가 가짜라는 사실을 못 견딘다. 생각지도 못했다.

"나를 만져 봐. 피가 있고 살이 있어. 따뜻해. 밥을 먹어야 살고, 화장실도 가야 해. 옷도 갈아입어야 해. 너하고 똑같은 인간이야. 넌 그런 날 옷장 속에 넣고 잊어버렸지! 단지 가짜라는 이유로! 옷장 속에 갇혀서 살아갈 수 있는 사람이 어딨어? 넌 그럴 수 있어? 네가 어떤 인간인지 잘 알면서도 난 믿고 싶었어. 난 네가 보라를, 보라로 알고 있는 날 집에 들이지는 않을 거라 믿었어. 무슨 일이 있어도 문을 열지는 않을 거라고. 그런데 넌, 너무 쉽게 문을 열었어……."

보라2가 울음을 터뜨렸다. 나는 털썩 주저앉아 멍하니 보라2를 올려다봤다. 보라2는 얼른 눈물을 닦아 내고 표정을 감췄다.

이것도 자존심이 있구나. 분노가 있구나.

가짜지만 똑같다. 이제야 그걸 알겠다.

"뭐, 너무 미안해할 건 없어. 나는 네가 알고 있는 것처럼 계속 옷장 속에 있진 않았으니까. 물론 처음엔 그저 어리둥절해 옷장 속에서 벌벌 떨었지. 하지만 보라를 없앤 뒤에는 보라 집, 아니 우리 집에서 편하게 지냈어. 네 옷장 속에는 잠깐씩 왔을 뿐이고. 물론, 이런저런 핑계 짜내느라 전전긍긍하고 엄마한테 잔소리를 듣긴 했지만 말이야."

어떻게 그럴 수 있지? 모두의 눈을 속이고.

보라2가 나를 내려다보고 있다. 언제 울었냐는 듯 차갑고 위험한 웃음을 띠고 있다. 눈물 한 방울이 초라한 증거처럼 턱 끝에 매달려 있다.

"그런데 그 모든 걸 누가 가르쳐 줬을까? 옷장 속에서 벌벌 떨고 있던 나한테 말이야. 수시로 이 집과 네 방을 드나들면서 네 가족들한테 들키지 않는 게 가능할 것 같아?"

가능하지 않다. 모두의 눈을 속인 게 아니다. 모두가 나를 속인 거다. 모두가 이미 알고 있었던 거다. 보라2의 존재를. 엄마, 아빠, 누나. 모두가 키득거리며 유치한 장난을 치고 있었던 거다. 왜냐면 모두⋯⋯.

고양이를 안고 집 안으로 뛰어들었던 그 일요일. 엄마는 나를 보고 비명을 질렀다. 아빠도 마찬가지였다. 두 사람은 나를 정신을 잃을 때까지 때렸다. 엄마 아빠가 나를 때릴 때의 표정이 새삼 떠오른다. 이제까지 내 기억 속의 표정과 미세하게 다른 표정이. 분명 화가 난 얼굴이라고 생각해 왔는데 그게 아니다. 그건 두려운, 공포에 질린 얼굴이었다. 엄마 아빠는 나를 가둬 놓은 게 아니라 그 문을 열 수가 없었던 건 아닐까?

정신이 들었을 때는 어두운 방에 나 혼자였다. 방문 밖에 끌어다 막아 놓은 가구들 때문에 문을 열 수가 없었다. 배가 고팠고 화장실에 가고 싶었다. 문을 두드리고 소리를 질러도 아무도 오지 않았다. 이윽고 내가 지쳐 쓰러져 얼핏 잠이 들었을 때, 천천히 문이 열렸다. 엄마는 열려진 문 사이로 밥을 담은 그릇을 밀어 넣었다. 마치 개밥을 주듯이.

방 안에는 오줌 냄새가 진동하고 있었다. 찢어진 팔에서 흘러나온 피가 바닥에 찐득하게 말라붙어 있었다. 그런데도 나를 그 방에서 꺼내 주지 않았다. 일어날 힘도 없을 만큼 굶주려 축축한 바닥에 누워 있는 나를 내버려 두었다.

나는 눈을 떴다.

어떤 것은 한순간 전혀 다른 성질의 것으로 변하기도 한다. 내가 가진 능력의 의미도 그 순간 변했다. 가지고 싶다는 열망에서 없애고 싶다는 열망으로.

문틈으로 엄마의 두려운 얼굴이 보였다. 그 순간, 나는 엄마를 가리켰다.

둘.

비명 소리가 집을 뒤흔들었다. 엄마의 비명이 아니었다. 엄마는 이미 반쯤 먹힌 뒤였으니까. 문틈으로, 어디로 달아나야 할지 몰라 소리를 지르며 허둥거리는 아빠가 보였다.

둘.

……가짜. 모두 가짜. 가짜들 속에서 살았던 거다. 내가 만든 가짜 속에서.

엄마, 아빠, 누나.

누나?

아니, 아직 누나가 남았다. 누나는, 누나는 둘로 만든 적이 없다!

"뭐야? 벌써 다 끝내 버린 거야?"

퍼뜩 머리를 쳐들었다. 누나가 현관문 안으로 들어서며 보라에게 말했다.

"이럴 줄 알았다니까. 기다렸다 같이 하자니까. 치사하게."

"미안. 꼭 얘기해야만 하는 게 있었어. 너무 화내지 마. 아직 안 끝났어."

"정말? 다행이다. 뛰어오길 잘했네."

이상하다. 누나는 둘로 만든 기억이 없는데. 그럴 리 없는데. 그럴 리 없는데.

나도 모르게 벌벌 떨리는 손가락으로 누나를 가리키며 말했다.

"둘."

누나가 나를 빤히 봤다.

"둘."

이번엔 웃는다.

"둘!"

"야! 너 왜 이래? 기억 안 나? 네가 믿게 만들어 주겠다고 나를 쐈잖아. 빵! 하긴 하도 어릴 때라서 나도 기억이 가물가물하지만. 엄마 아빠가 말 안 해 줬으면 꿈이었나 보다 생각하고 살 뻔했지. 뭐, 그쪽이 나았겠지만."

기억나지 않는다. 믿을 수 없다. 내 기억에 없는데. 정말 믿을 수 없다.

집이, 내가 있는 공간이, 세상이 정신을 차릴 수 없을 만큼 빨리 돌아가는 것만 같다. 누나와 보라2의 얼굴이 휙휙 지나간다. 웃고 있는 그들의 입이 무섭게 비틀려 있다. 아니다. 이건 더 이상 누나가 아니다. 더 이상 보라가 아니다. 제발 꿈이었으면, 제발 이것들이 사라져 버렸으면!

—정말 굉장할 거야……. 네 능력이 계속 통한다면 말이야.

보라2의 말이 퍼뜩, 떠올랐다. 혹시 모른다. 신경을 집중하면, 가능할지도 모른다. 그게 가능하다면 가짜의 가짜가 나타나 가짜를 잡아먹겠지. 남는 게 뭐든 눈앞의 이것들이 없어지기만 한다면, 그게 뭐든 상관없다.

나는 눈앞의 것들을 없애기 위해 정신을 집중하고 외쳤다.

"둘! 없어져 버려! 둘! 사라져 버리라고! 둘! 둘! 둘!"

"애 지금 뭐 하는 거니? 정말 한심해서. 애한텐 하나부터 열까지 다 설명을 해 줘야 한다니까. 이런 애가 내 동생이라니."

"내버려 둬."

아빠가 들어서며 말했다. 그 옆에 엄마도 있다.

"사실 우리도 네 능력이 더 강해져서 우리를 또 둘로 만들 수 있게 되면 어쩌나 두려웠어. 그럼 난 또 다른 가짜에게 잡아먹힐 테니까. 내가 진짜를 잡아먹었던 것처럼."

엄마가 하는 말을 믿을 수가 없다.

"하지만 우린 그런 널 떠나거나 없앨 수 없었어. 어쨌든 우린 네 가족이고, 여전히 넌 내가 사랑하는 아들이었으니까. 대신 줄곧 널 지켜봐 왔지. 최근에야 알았다. 쓸데없는 걱정이었다는 걸."

아빠.

"다 똑똑한 내 덕분이라고. 네 친구들도 도움이 되긴 했지만."

누나.

"네가 네 누나를 가짜로 안 만들었으면 어떡할 뻔했니? 정말 다행이라니까. 애 아니었으면 여태껏 벌벌 떨며 살았을 거 아니니? 내 딸이지만 정말 똑똑해."

엄마!

"네 능력은 말이야, 단순히 살아 있는 것들한테 통하는 게 아니었어. 네 능력은 꿈을 꾸는 것들한테 통하는 거야. 꿈인지 현실인지 자기 존재가 진짜인지 가짜인지 정확히 알 수 없는 경계를 가진 것들. 그것들이 자기 존재를 의심하는 그 틈으로 네 능력은 기어드는 거거든. 움직이고 입이 있는 거의 모든 존재에겐 무의식이 있고 그 틈이 있어."

누나!

"하지만, 우린 없어. 우린 확실히 아니까."

보라야?

"내가 진짜를 없앤 순간, 다시 하나가 된 순간, 유일한 존재인 난 진짜가 되는 거니까. 머리카락 한 올부터 숨구멍 하나하나까지, 소름 끼치도록 생생하게 실감하게 돼. 진짜가 된, 가짜라는 걸."

보라야.

가짜만 남은 뒤에야 비로소 진짜를 실감한다.

"너 같은 건 하나도 두렵지 않아. 왜냐면 너 역시……."

한 발 한 발 그것들이 내게 다가온다.

나는 내 방으로 도망쳐 들어가 문을 잠갔다. 그리고 방 안을 정신없이 뱅글뱅글 돌며 허둥거렸다. 저것들이 나를 어쩌려는 거지? 도망쳐야 한다. 하지만 어디로? 누구에게?

누군가 있을 거다.

내가 아직 가짜로 만들지 않은 누군가가.

문 두들기는 소리가 요란하게 들려왔다. 끊임없이 소리를 지르고 있다. 저것들이 곧 문을 부수고 들어올 것이다. 시간이 없다.

찾아야 한다. 찾아내야 한다.

누가 남아 있지? 누가 남아 있지? 누가 남아 있지!

없다.

─둘이면 하나는 널 줄 텐데.

단순한 농담이 아니었다는 걸 이제야 알겠다.

그 아주머니는 흰눈이를 가짜로 만들고 싶었던 거다. 자신과 같은. 내가 그 아주머니를 가짜로 만들었던 거다. 다만, 기억하지 못할 뿐.

내가 기억하지 못하는 가짜들이 얼마나 더 있는 걸까? 알 수 없다. 그 말은 아무도 믿을 수 없다는 것. 확인하는 방법은 단 하나, 내 두 번째 손가락. 하지만 확인하는 순간, 그 누군가는 가짜가 된다. 결국.

내가 아는, 나를 둘러싼 모두가 가짜.

온몸의 핏줄이 조여 오는 것 같아 숨을 쉴 수가 없다.

나는 왜 나를 둘러싼 모두를 가짜로 만들어 버린 걸까?

왜?

왜?

왜?

내가?

……뭐야? 벌써 다 끝내 버린 거야?……아직 안 끝났어……
하도 어릴 때라 기억이……기억에 없어……진짜 웃기지 않냐? 넌
진짜가 아니라 가짜인 나를 더 좋아했잖아……어릴 때 기억
에, 기억에 없어…… 아직 안 끝났어. 아직, 안 끝났어. 왜냐면 너
역시……

가짜니까?

어지럽게 흩어져 있던 조각들이 하나둘 맞아 들어간다.

모두가 마음에 들지 않았던 건, 내가 늘 흐릿했던 건, 멍했던
건, 살아 있다는 느낌이 들지 않았던 건 결국 내가, 가짜였기 때
문.

내가 기억하지 못하는 처음, 내가 최초로 둘로 만든 건 바로 나
였을까?

나는 거울 앞에 섰다. 거울 속의 나를 가리키며 입술을 움직였
다.

"둘."

쥐어짜는 소리가 흘러나왔다.

내 목소리 정말 듣기 싫구나.

어쩌면 내가 처음으로 마음에 들지 않았던 녀석은 바로 나.

"둘."

거울 속엔 아무런 변화도 없다.

"둘!"

가짜.

"둘!"

난 가짜.

그래서 모두를 가짜로 만들어 버렸구나.

"두우……?"

뭔가가 움직였다. 거울 속 내 등 뒤. 거울 속엔 분명 나 혼자 서 있다. 하지만 천천히, 흔들리듯 내가 나뉘고 있다. 빈틈없이 내 등 뒤에 숨어 있던 뭔가가 움직이고 있다. 내 목 위로 그것의 손이 올라오고 있다.

나는 뒤를 돌아봤다. 또 다른 내가 나를 향해 입을 벌리고 있다. 녀석의 이가 얼굴에 와 박힌다. 녀석의 입 구멍이 무서운 속도로 내 피를 빨아들인다. 한 방울의 피도 아깝다는 듯 집요하게 빨아들인다. 온몸의 피가 순식간에 말라 간다. 아, 이래서 다들 피를 흘리지 않았구나, 뒤늦게 깨닫는다.

그 녀석의 손에 의해 내 얼굴이 마치 진흙덩이처럼, 가짜처럼 짓이겨지며 녀석의 입으로 들어간다.

아프다. 이렇게 아팠구나. 모두들.

쾅.

망치로 내리쳐 손잡이가 떨어져 나간 문이 힘없이 열린다.

아빠? 엄마? 누나? 보라? 난 진짜였어. 난 살아 있었어. 외치고 싶다. 하지만 목소리가 나오지 않는다. 비명조차 나오지 않을 만큼 아프기 때문에.

누나가 말했다.

"이제야 진짜 동생이 생기겠네. 우리와 성분이 같은……."

"내 딸이지만 정말 머리가 좋다니까. 틈이니 뭐니 진짜 그럴듯했어."

"실제로도 틈이 없으면 참 좋을 텐데 말이야."

"어쨌든 잡아먹힐 걱정은 안 하고 살아도 되겠다."

"조마조마해 죽는 줄 알았어."

"우리보고 둘 하고 소리칠 땐 간 떨어지는 줄 알았다니까."

"정말 잘됐지 뭐야."

"손가락질을 그렇게 해 대더니……."

이제 나는 없어진다.

새로 생겨난 내가, 내가 된다.

모두가 원하는 내가.

나는 이제 진짜 친구를 사귈 수 있을까?

아프다.

나는 분명 짓이겨지고, 쪼그라들고, 녹아들고 있는데.

먹히는 것은 나. 먹는 것은 나.

없어지는 것은 나. 남는 것은 나.

나는 진짜일까. 가짜일까.

세상에는 이상한 공간들이 있다.

그 지하방도 그랬다.

그곳에서는 픽션보다 더 픽션 같은 일들이 아무렇지 않게 일어났다. 곰팡이가 무서울 정도로 피어났고, 각종 질병과 사고가 끊이지 않았으며, 늘 누군가 쥐새끼처럼 집 안을 훔쳐봤다. 밤마다 고양이들이 몰려들었고, 누군가 고양이를 죽여 그 방 창가에 두곤 했다. 위층 할머니에게서 그 집에 사는 사람마다 매번 안 좋은 일을 겪었다는 기이한 이야기도 들었다.

그러고 보면 이상한 공간은 곳곳에 널려 있다. 정말 아무렇지 않게 섞여 들어 있다. 그 이상한 공간은 누군가의 집이거나 직장일 수 있으며, 누군가의 몸속이나 머릿속일 수도 있다. 그리고 누군가의 교실일 수도 있다.

나는 종종 내가 아직도 학교에 있는 꿈을 꾼다. 나는 꿈속에서 시험을 치거나, 선생님에게 쫓겨 어두운 복도를 내달린다. 이제는 사라지고 없는 친구를 만나기도 한다.

기나긴 악몽을 제공하는 공간, 그건 정말 이상한 공간이다. 비상식적인 폭력이 마치 자랑거리라도 되는 듯 무성하게 자라나고, 그럴듯한 한 편의 연극이 되어 박수까지 받는다. 한 아이가 사라져 벽이 되어도 아무렇지 않다. 어른들도 그 교실에선 부끄러움을 잊고 민망한 짓을 일삼기 일쑤다. 케이크 상자 안에 돈 봉투 없이 케이크만 가지고 온 상식 없는 학부형이 있더라며 투덜거리고, 일개 학부형이 왔는데 운동장까지 쫓아 나가 배꼽 인사를 하고, 수많은 증인이 지켜보는 가운데 성희롱과 성추행을 일삼는 사람도 있다. 어디 그뿐인가. 미친 개까지 버젓이 교실을 드나든다.

그 교실에서 나는 지영이가 아닌 주영이로만 남는 꿈을 꾸었고, 내 손톱이 길게 자라나는 환영을 보았으며, 하얀 벽이 되어 귀신처럼 존재했다. 이따금 위험한 감정에 휘말릴 때면 고누다가 되어 모두를 겨누고 있기도 했다.

다행히 어떤 공간도 영원히 나를 가두지는 못했다. 나는 교실을 나왔고, 지하방을 나왔다. 하지만 아마 이상한 공간들은 계속해서 형태를 바꿔 가며 내 앞에 나타날 것이다. 그리고 그건 나만의 이야기가 아니다.

218

부디 그 이상한 공간 속에서 우리 모두가 쉽게 미치지 않기를 바란다. 공간을 핑계로 자신을 합리화하지 않기를 바란다. 곰팡이가 꽃이 되는 환상을 얻게 되기를 바란다. 사실 이상한 공간이란 분명히 존재하지만, 그저 존재할 뿐, 어떤 악의도 갖고 있지 않으니까.

빛의 기운이 강한 시간에, 사람의 기운이 드나드는 공간에서
방미진

- 이 책에는 내가 실제로 만난 사람들과 비슷한 인물이 몇 나온다. 하지만 어디까지나 이야기 안에서 새롭게 만들어진 인물이므로, 오해하거나 상처받지 않았으면 좋겠다.
- 「고누다」는 몇몇 독자들은 이미 눈치챘을 수도 있겠지만, 「고누다II」가 나올 수밖에 없는 이야기다. 누군가 「고누다」의 다음 이야기를 기다려 준다면, 작가로서 무척 행복할 것이다.

.

손톱이 자라날 때
ⓒ 방미진 2010

1판 1쇄 2010년 3월 30일 | 1판 9쇄 2023년 1월 26일
지은이 방미진 | 펴낸이 김소영
책임편집 조소정 김성진 이복희 | 디자인 이은혜
마케팅 정민호 이숙재 박치우 한민아 이민경 안남영 왕지경 김수현 정경주
브랜딩 함유지 함근아 김희숙 고보미 박민재 박진희 정승민
제작 강신은 김동욱 임현식 | 제작처 상지사P&B
펴낸곳 (주)문학동네 | 출판등록 1993년 10월 22일제2003-000045호
주소 10881 경기도 파주시 회동길 210
전자우편 kids@munhak.com | 홈페이지 www.munhak.com
카페 cafe.naver.com/mhdn | 인스타그램 @kidsmunhak
트위터 @kidsmunhak | 북클럽 bookclubmunhak.com
대표전화 (031)955-8888 | 팩스 (031)955-8855
문의전화 (031)955-3578(마케팅) (02)3144-3237(편집)
ISBN 978-89-546-0963-0 03810